O que se
deve ensinar
aos filhos

O que se deve ensinar aos filhos

Victoria Camps

Tradução
Maria Stela Gonçalves

Martins Fontes
São Paulo 2003

Esta obra foi publicada originalmente em espanhol com o título
QUÉ HAY QUE ENSEÑAR A LOS HIJOS
por Plaza & Janés Editores, S.A.
Copyright © 2000, Victoria Camps.
Copyright © 2003, Livraria Martins Fontes Editora Ltda.,
São Paulo, para a presente edição.

1ª edição
maio de 2003

Tradução
MARIA STELA GONÇALVES

Acompanhamento editorial
Luzia Aparecida dos Santos
Revisão gráfica
Solange Martins
Helena Guimarães Bittencourt
Produção gráfica
Geraldo Alves
Paginação/Fotolitos
Studio 3 Desenvolvimento Editorial

Dados Internacionais de Catalogação na Publicação (CIP)
(Câmara Brasileira do Livro, SP, Brasil)

Camps, Victoria
    O que se deve ensinar aos filhos / Victoria Camps ; tradução Maria Stela Gonçalves. – São Paulo : Martins Fontes, 2003.

    Título original: Qué hay que enseñar a los hijos
    ISBN 85-336-1762-3

    1. Educacão moral 2. Educação de crianças 3. Pais e filhos 4. Valores (Ética) I. Título.

03-2035   CDD-370.114

Índices para catálogo sistemático:
1. Educação de valores éticos   370.114

Todos os direitos desta edição para o Brasil reservados à
Livraria Martins Fontes Editora Ltda.
Rua Conselheiro Ramalho, 330/340 01325-000 São Paulo SP Brasil
Tel. (11) 3241.3677 Fax (11) 3105.6867
e-mail: info@martinsfontes.com.br http://www.martinsfontes.com.br

*A Daniel, Guillermo e Félix,
que já podem ser pais*

Sumário

Todos somos filhos IX
Margarita Rivière

Prólogo 1
Felicidade 7
Bom humor 13
Caráter 18
Responsabilidade 23
Dor 27
Auto-estima 33
Bons sentimentos 38
Bom gosto 44
Valentia 48
Generosidade 52
Amabilidade 57
Respeito 62
Gratidão 68
Filhos/Filhas 72
Trabalho 77
Televisão 84
Liberdade 90
Obediência 97
Exemplo e tempo 102

Para saber mais: Antologia e leituras 107

Todos somos filhos

A pergunta que encabeça este livro é mais difícil do que parece. Ser pai ou ser mãe parece a cada dia algo mais complicado, por mais que eu não creia que já tenha existido alguém preparado para sê-lo. Em contrapartida, também não pensamos muito no fato de que ninguém preparou cada um de nós para ser filhos, sendo evidente que é isso o mais comum da experiência humana: todos somos filhos. A longo prazo, essa aprendizagem inesperada que é ser filho, algo pessoal e intransferível, acaba sendo a chave para chegar a ser pai ou mãe e dispor-se a ensinar novos filhos, como veremos neste livro. É possível que a experiência de ser filhos seja decisiva no momento de ser mães ou pais, caso não se tenha esquecido esse fato e extraído as conclusões oportunas do vivido; isto é, se uma pessoa, já transformada em pai ou em mãe, continua a considerar-se um filho. Mas ser filho não é mais fácil que ser pai ou mãe: sentir-se filho é entender que se está aprendendo du-

| O que se deve ensinar aos filhos

rante toda a vida. E quem é capaz hoje de assegurar que não tem de aprender nada mais ou que já sabe tudo o que tem de saber? Daí decorre que transformar-se em pai ou em mãe em plena aprendizagem de viver se revela, no mínimo, difícil e um verdadeiro desafio ao mais profundo do humano. Como diz Victoria Camps nestas páginas: "A tarefa de educar exige uma auto-educação permanente." Em nossa época, tão voltada para o planejamento de tudo, tem-se, além disso, a impressão de que, antes de chegar à experiência de ser pais ou mães, seria necessário fazer mil cursinhos e, se possível, algum mestrado para chegar à paternidade perfeitamente munidos de instrumentos de eficácia comprovada. Nada mais longe da realidade. Ser pai ou ser mãe é algo que não se aprende em nenhuma universidade, tal como os filhos são algo que sempre acaba surpreendendo os pais dotados da melhor preparação. Deve-se então deixar esse tema fundamental ao puro instinto ou existem alguns modelos acumulados na experiência humana? E esses modelos têm validade num mundo, o nosso, cada vez mais complexo e em total mudança?

Com essa grande incógnita, o que se deve ensinar aos filhos para se pautarem na vida, nesta vida aqui e agora? Fui ver a catedrática de ética da Universidad Autónoma de Barcelona, Victoria Camps. Ela é uma mulher que emite serenidade e que, como filósofa, se especializou em estudar a virtude, as virtudes, sem perder de vista a realidade do mundo. Pensativa, Victoria Camps me confessou que a cada dia lhe interessava mais a educação e aceitou, de imediato, escrever o livro, não sem me alertar, como filósofa e como mãe de três filhos, para a dificuldade da tarefa. O resultado de seu trabalho são estas apaixonantes páginas, com dezenove capítulos para a reflexão, que levam, não sem polêmica ou diatribes, à aplicação prática imediata destas propostas, ao mesmo tempo arriscadas e sensatas, na experiência de cada um de nós como filhos... Isto é, sem no-lo propor expressamente, este é um livro para que nós, todos nós que somos filhos, aprendamos que educar os filhos é também educar-nos a nós mesmos.

MARGARITA RIVIÈRE

Prólogo

Não pretendi com este livro escrever nem um tratado de pedagogia nem um receituário de auto-ajuda supostamente útil para ter êxito com os filhos. As receitas não servem neste caso. Fatalmente, uma mulher chega a ser mãe sem se ter preparado para sê-lo. Para não falar dos pais, cuja disposição para encarregar-se de seu papel nem sequer conta com uma tradição equânime atrás de si. O sentimento maternal é mais ou menos identificável, mas o mesmo não ocorre com um hipotético sentimento paternal. Os tempos mudam, tal como os costumes, as idéias e os conteúdos da educação. É possível, apesar de tudo, orientar-se a esse respeito e fixar alguns critérios?

É preciso ensinar tudo aos filhos. Eles têm de aprender a agir por si mesmos, a cuidar-se, a entender o mundo, a desenvolver-se nele, a aceitar seus códigos e inclusive a transgredi-los quando for conveniente fazê-lo.

O que se deve ensinar aos filhos

Um ensino que abrange demasiado para ser encerrado numa teoria ou em algumas diretrizes. A experiência do filho é vivida e o que é preciso fazer com ele se improvisa bem ou mal e se aprende no decorrer do processo. É claro que há normas estabelecidas, valores intocáveis que convém inculcar, obrigações e deveres que deverão ser exigidos, ordens e proibições herdadas. Mas a teoria ou mesmo os costumes ajudam pouco. Queremos ser inovadores, melhorar o que nossos pais fizeram conosco e corrigir ou não cair nos erros que eles cometeram. Por isso, a sensação de improvisação é inevitável.

A dificuldade de algo tão prático e cotidiano quanto educar os filhos é, além disso, dupla. Reside tanto no conteúdo como no método: tanto no que deve ser feito como na maneira pela qual fazê-lo. É preciso ser duros ou flexíveis? Permissivos ou autoritários? Os tapas são recomendáveis, aceitáveis? E quanto às normas? Ensinar é violentar, reprimir, ou é possível fazê-lo incluindo o prazer?

Não há respostas, insisto, para resolver todas as dúvidas satisfatoriamente e sem equívocos. A experiência de educar um filho é irrepetível e, eu me atreveria a dizê-lo, incomunicável. Nós, que tivemos mais de um filho, sabemos que o que se fez com o primeiro não vale para os outros. Cada filho é um livro que deve começar a ser escrito de novo porque não há filhos-clone, nem nunca poderá havê-los, por mais que as técnicas

Prólogo

de clonagem avancem. Os genes são só parcialmente determinantes; é necessário acrescentar a eles uma multiplicidade de fatores que influenciarão e moldarão o caráter, o temperamento, os sentimentos, os gostos e as opiniões futuras de cada pessoa. Imagino a reação do leitor ao que venho dizendo: se é tão difícil e tão irrepetível a educação de um filho, para que escrever um livro sobre o assunto? Conterá esse livro algo que seja minimamente útil?

Acrescentarei, para tornar o tema ainda mais difícil, que não sou especialista em psicologia, em pedagogia nem em nenhuma das disciplinas que se consideram mais versadas nestes afazeres que me ocupam. Ao longo de minha vida, fiz basicamente duas coisas: ter três filhos e ensinar filosofia. A mescla de ambas as tarefas – a maternidade e a filosofia – não é absurda. Muito pelo contrário, pois a função da filosofia consiste em fazer-se perguntas, formular dúvidas, buscar razões, refletir, em suma, sobre as principais atividades da vida, entre as quais se insere, sem dúvida, a de ter filhos e ensiná-los a viver.

Embora a paternidade, como tantas outras coisas, pareça estar hoje em crise, não é exagerado afirmar que nunca os pais estiveram tão atentos aos filhos quanto em nossa época. Sabem mais coisas, são mais cultos, têm mais informações sobre os perigos, nem sempre fundados, que se diz que espreitam a infância, sendo também

| O que se deve ensinar aos filhos

mais críticos. A abundância de conhecimento produz mais perplexidades, mais dúvidas, mais desconcerto e desorientação porque o leque de possibilidades de ação é muito mais amplo.

Quando nos detemos para contemplar os resultados de nossa tarefa como pais, sentimo-nos pegos em contradição. Temos a sensação de ter suscitado a existência de jovens mal-educados, incapazes de desenvolver-se adequadamente, dóceis e passivos demais para certas coisas, exigentes para outras, jovens que não chegam a tornar-se adultos. Ao mesmo tempo, continuamos pensando que ensinar sem tantas regras ou restrições seria a melhor maneira de educar. É o fascínio pela fórmula mágica "educar na liberdade", que foi o credo indiscutível de todos nós que fomos submetidos a uma educação inflexível e repressiva. Mas não há credo sem falhas. Educar na liberdade não é deixar de ensinar coisas, mas assentar as bases para que a pessoa possa e saiba ser livre.

As páginas seguintes só pretendem oferecer critérios para continuar pensando em todas essas questões. Cada capítulo recebe o nome de uma idéia ou de um conceito que me serve de motivo para elaborar uma série de perguntas e suscitar a reflexão sobre o que estamos ensinando a nossos filhos. Por conseguinte, o livro oferece várias possibilidades de leitura. Pode ser usado quase como um dicionário que esclarece o significado −

para a educação, neste caso – de algumas palavras. E pode ser lido de um fôlego, do princípio ao final, pois cada um dos capítulos se vincula com o seguinte. Eis a explicação para que os conceitos que os encabeçam não estejam organizados alfabeticamente, mas tenham uma ordem aparentemente arbitrária. É a que foi ocorrendo ao filho de meus próprios pensamentos sobre o tema.

Não encontro melhores palavras para encerrar esta introdução do que aquelas com as quais o filósofo Jean-Jacques Rousseau encabeça o livro que dedica à educação das crianças e que intitula *Emílio*. Elas dizem o seguinte: "Este conjunto de reflexões e de observações, sem ordem e quase sem continuidade, nasce do desejo de agradar uma boa mãe que sabe pensar." Também "um bom pai", é necessário acrescentar agora que já aceitamos que a tarefa de educar os filhos não é obrigação exclusiva das mães.

VICTORIA CAMPS,
*San Cugat del Vallès,
setembro de 1999.*

Felicidade

Que mãe ou que pai não recorre, em momentos difíceis, à útil frase "só quero que meu filho seja feliz"? Falta apenas pensar um pouquinho para perceber que querer a felicidade para si mesmo ou para outra pessoa é demasiado: é desejar tudo. Mas, ao dizer "só quero sua felicidade", estamos fazendo uma confissão de modéstia: não ambiciono nada, não peço, não exijo nem pretendo nada, só quero que as coisas lhe corram bem, que seja feliz. Demo-nos conta de que procurar fazer um filho à nossa imagem e semelhança, ou adaptado a nossos desejos, é ilusório e perigoso. Não há melhor terreno de cultivo para a frustração do que o desejo não reprimido de ver no filho a reprodução de uma imagem que temos dele de antemão. Ou esperar que seja a compensação de nossos defeitos e faltas. Eu não pude ser médico, juiz, arquiteto: que ele o seja. Nada mais contrário também à felicidade. O estóico Sêneca, que escreveu

O que se deve ensinar aos filhos

sabiamente sobre a felicidade, afirmou que "a vida feliz é a que está em conformidade com a natureza das coisas". Ele queria dizer que o caminho para ser feliz é aceitar a realidade – neste caso, a dos próprios filhos – tal como é: com seus defeitos, suas manias e suas fraquezas. É contraproducente para a tranqüilidade da alma, que com certeza é o mais similar à felicidade, querer dobrar a realidade a nossos caprichos.

Mas uma coisa é forçar a natureza das coisas, e outra, muito distinta e nada recomendável, deixar fazer. A felicidade não consiste numa espécie de estado beatífico e angélico em que todos os desejos e satisfações foram realizados. Esse estado seria, para começar, desumano, impróprio de nós. Nosso objetivo nesta vida não é a felicidade, mas buscá-la, algo muito mais limitado e que consiste em procurar obter o máximo rendimento e a máxima satisfação com o que livremente fazemos. Com efeito, a felicidade não é um objetivo que possa ser buscado por si mesmo. Um indivíduo não se propõe ser feliz, mas encontrar o parceiro perfeito, ter filhos sadios, ganhar dinheiro, ter um trabalho digno de afeição. A felicidade é o produto obtido ao se fazerem outras coisas: ver uma partida de futebol, ler um livro, planejar férias, dispor-se a ajudar as vítimas de uma guerra.

A primeira coisa a aprender para capturar essas ocasiões de felicidade que a vida pode proporcionar é que o ser humano se distingue do animal pelo fato de este agir por instinto, enquanto o homem escolhe a vida que quer. O animal faz o que lhe apetece quando lhe apetece: um cão late, come, dorme ou brinca quando seu instinto lhe pede para fazê-lo. O ser humano, pelo contrário, pode fazer uma pausa diante do que o corpo lhe pede. O ser humano pensa, calcula, avalia, escolhe, decide com vistas ao que considera ser sua felicidade. Pelo menos, tenta fazê-lo. Ora, essa diferença é desconhecida pela criança. Ela não sabe que o que a agrada em cada momento pode não ser o mais conveniente. Tem de aprender a controlar-se, a esperar, a estabelecer uma distância entre o estímulo e a resposta.

Alguns filósofos insistiram no fato de que é preciso aprender a distinguir a felicidade do prazer. A idéia só é aceitável se interpretada com moderação, mas deixa de sê-lo se se deseja levar longe demais a diferença entre felicidade e prazer, como fizeram os puritanos e os fundamentalismos religiosos. Minha geração – assim como várias gerações anteriores à minha – cresceu com a idéia de que tudo o que é bom, agradável e prazeroso é pecado. Trata-se de uma tática equivocada de aproximar-se da felicidade. Os dois grandes mestres do ser humano – disse o utilitarista Bentham – são o prazer e a dor. Vamos em busca do prazer e evitamos a dor e o sofrimento. A única coisa que o homem pode e deve fazer, e que o animal não faz, é aprender a distinguir e hierarquizar prazeres e dores. Essa capacidade foi denominada pelos gregos "moderação".

Orientar uma criança com relação à felicidade é habituá-la à moderação. A moderar suas emoções e seus nervos, a reprimir-se se necessário. A ser incrédula no que se refere aos modelos de felicidade oferecidos pela televisão, pelo mercado, pela política. Aristóteles já o afirmara: a felicidade não está no que as pessoas costumam pensar: o dinheiro, o sucesso, o poder, as honras, a beleza. Todas essas coisas ajudam a ser feliz mas não são a própria felicidade. A felicidade – concluía o mesmo filósofo – consiste em ser uma boa pessoa.

Que conclusão! E o que é ser uma boa pessoa? Será que alguém pode sabê-lo? Estamos diante de uma das grandes perguntas da filosofia, as que não têm respostas definitivas mas nos ajudam a pensar. Não há modelos que retratem as boas pessoas. E mais: o que as crianças de hoje percebem como modelo é o contrário do que disse o filósofo. A televisão as ensina que o mais feliz é o mais forte, o mais rico, o mais belo, o mais duro, o que obtém sucesso em todas as competições. Bom é aquele que ganha e mau o que perde. Reside aí a dificuldade. Neste mundo de competições, de perdedores e ganhadores, como levar uma criança a entender que a felicidade é buscada de outra forma, que nem sempre é importante ganhar e, sobretudo, que ganhar não é o que se mostra como tal?

Responder a essas perguntas de modo sucinto é impossível. Arriscamo-nos a simplificar e a deixar de dizer muitas coisas; lembro-me de que, em nosso mundo, há pelo menos quatro riscos que criam mal-entendidos sobre a vida feliz. Para combatê-los, seria preciso ter claro o seguinte:

1. A felicidade não consiste em ter tudo nem em conseguir tudo que um indivíduo se propõe. Ser ambicioso não é mau, porém, visto que nem tudo sairá a nosso gosto, é preciso aprender a superar e a vencer as adversidades. É a grande lição que nos ensinaram os estóicos, os únicos filósofos que não evitaram os grandes problemas da existência: a doença, a dor, o fracasso, a morte.

2. A felicidade só se consegue de forma não-isolada. Precisamos dos outros para viver e para ser um pouco felizes. E, ao dizer "os outros", não é legítimo pensar só "nos nossos", mas nos que são de fato "outros". A rotina das más notícias costuma contemplar com absoluta impassibilidade o sofrimento e a tortura em que vivem muitas pessoas. A essa satisfação com o próprio independentemente do que aconteça fora se dá o nome de mesquinharia.

3. Há uma busca da felicidade que acaba sendo autodestrutiva porque transforma em fim o que não passava de meio. A dependência de drogas, as seitas, a promiscuidade sexual, a anorexia são perversões de pra-

O que se deve ensinar aos filhos

zeres que, sem a existência de controle, acabam voltando-se contra o próprio indivíduo.

O que os adultos devem perguntar-se é até que ponto fomentam e não corrigem essas idéias que hoje são corriqueiras, idéias segundo as quais a felicidade está no efêmero e na complacência com o próprio. Até que ponto eles as estão ensinando com sua própria vida e com um deixar fazer que não serve para a formação de critérios? A satisfação de qualquer capricho, o recurso ao dinheiro como solução do tédio, a pressão desmedida pelas boas notas favorecem a confusão da felicidade com a satisfação imediata. Não é raro que a criança, mais sábia às vezes que os pais, rejeite as solicitudes do mercado em todas as suas formas. Mas acabará por acostumar-se com a idéia onipresente de que só se pode ser feliz tendo e comprando coisas, gastando dinheiro. As necessidades e os desejos se criam e se cultivam. Ninguém nasce querendo isto ou aquilo; termina por querê-lo se o convencem de que, se não o conseguir, será muito infeliz.

Bom humor

A felicidade não é o mesmo que o bom humor, mas o bom humor é uma das formas de expressão da felicidade. Foram muitos os que definiram o homem como "um animal que sabe rir", recorda-nos Bergson. Por meio do riso, manifestam-se a sociabilidade humana, a simpatia, a generosidade, a amabilidade, a cumplicidade com os outros. Não perder o humor, apesar de todas as coisas más que nos ocorrem, é um sinal de inteligência. O bom humor é, além disso, uma característica da boa educação. As pessoas mal-humoradas são um incômodo para os outros. Mas, acima de tudo, o bom humor é um recurso para ajudar um indivíduo a superar as adversidades que nunca faltam. É certo que, se é o único animal que ri, o homem também é o único animal que chora. O rir ou o chorar dependem do temperamento de cada um: há pessoas que caem mais facilmente no choro e pessoas mais risonhas. Mesmo assim, aprende-se a dosar o riso e o choro e a usá-los no momento adequado. Aprende-se com os costumes e com o que vemos os outros fazerem. De onde, do contrário, adquirem os homens o costume de não chorar – e também de rir menos que as mulheres – senão da secular crença de que o choro é sinal de fraqueza e empana a virilidade masculina?

A criança não sabe regular suas emoções. Passa do choro ao riso com uma facilidade invejável, sobretudo quando pequena. Depende tanto dos adultos que é fácil distraí-la e fazê-la esquecer uma queda ou uma perturbação. À medida que aumenta a independência, aumentam também a insegurança, os momentos de tristeza, sendo também mais freqüentes os aborrecimentos e o mau humor. Tem início a etapa – pré e adolescente – em que é preciso acostumar-se à dura tarefa de superar as frustrações e de aceitar-se a si mesmo. Aceitar-se sem se levar muito a sério, já que ninguém minimamente inteligente chega a estar satisfeito consigo mesmo. Encarar as perturbações "numa boa", porque o humor apara as arestas, ajuda a viver, é libertador. O humor é "libertador e sublime", observou Freud, pois "o humor parece dizer: 'Veja, este mundo que lhe parece tão perigoso não passa de um jogo infantil! O melhor é brincar!'"

"Que a vida não é uma brincadeira, / começa-se a compreender mais tarde" – eis o início de um belo poema de Jaime Gil de Biedma. O privilégio da infância é não perceber a seriedade da vida. As crianças passam rapidamente por cima até mesmo das coisas que só deveriam ser levadas a sério. Uma criança tem mais recursos para "esquecer-se" da morte de um ente querido, o que não significa que não o sinta. Sente-o à sua maneira e de acordo com sua idade. São as crianças que nos ensinam a rir da vida. Uma casa com crianças não é uma casa triste. Mas a infância não é senão uma etapa que deixamos para trás à custa precisamente de levar-nos a sério a nós mesmos e à nossa vida. As crises da adolescência refletem essa dificuldade tremenda. Chegar a dizer com Woody Allen "A única coisa que sinto é não ser qualquer outra pessoa" requer certa aprendizagem e certa vontade de rir de si mesmo.

Como ensinar a responder com bom humor, com alegria, às decepções, à má sorte? Evidentemente, nesse caso o exemplo, o contato, o clima alegre são insubstituíveis. Terei de falar no final da importância extrema do exemplo para todo o ensinável. Não obstante, além de cuidar do próprio comportamento, é necessário propor-se corrigir o caráter amargo. Hoje, os psicólogos falam muito do papel das emoções na educação da infância e do controle destas. Eles nos dizem, por exemplo, que não é recomendável a atitude dos pais que tendem a ignorar, rejeitar ou desaprovar as emoções negativas de seus filhos: a tristeza, o aborrecimento, o mau humor, o ódio sempre têm sua razão de ser, embora essa razão

O que se deve ensinar aos filhos

de ser pareça a nós, adultos, ridícula. Dizem que é preciso aceitar a tristeza do filho e procurar compreendê-la para ajudá-lo a superá-la. A infância está repleta de medos, de inseguranças, de apreensões. A adolescência é uma contínua mudança cujo desenvolvimento não se domina. Trivializar a tendência à obesidade de uma jovenzinha ou a acne que a faz sentir-se horrorosa, ou ainda a falta de habilidade para o futebol de um menino que, entretanto, gosta de praticar esse esporte, acrescentando que são tolices e que há outras coisas que de fato valem a pena não é a melhor maneira de contribuir para superar as dificuldades. Estabelecer uma empatia com essas emoções negativas, demonstrar compreensão, desvelar suas causas, é um caminho que pode produzir melhores resultados. Saber que as infelicidades são compartilhadas é já um consolo. A seriedade da vida é uma disciplina na qual inevitavelmente passaremos por um exame. Mas o bom professor não é nem o que frivolamente a minimiza nem o que a ensina em tom de tragédia irremediável.

O bom humor e a alegria são inseparáveis do amor e sem amor a vida é insuportável. Spinoza, que escreveu uma ética baseada precisamente na alegria, afirmava que da alegria brotam o amor, a concórdia e a força para agir, enquanto a tristeza se faz acompanhar pelo ódio, pela separação e pela impotência. A resposta mais espontânea e lógica diante da dor, das desavenças, dos reveses é a tristeza. Essa tristeza produzirá passividade e, portanto, mais tristeza. Denominamos hoje depressão essa espécie de maldição que atormenta as pessoas e as impede de agir. É o desânimo, o "déficit de alma", se entendemos por alma o princípio e o poder que animam a pessoa a agir. Ora, a lição que Spinoza nos quer dar é que é preciso lutar contra essa tendência à tristeza e ao desânimo, e, em seu lugar, procurar gerar alegria, pois, na realidade, é essa a única forma de assegurar a autêntica sobrevivência.

Caráter

Tendemos a pensar que o caráter é imutável, que um indivíduo nasce com o caráter que Deus lhe deu e não tem outra solução senão conformar-se com seu bom ou mau temperamento. Dizemos que nosso filho tem um caráter muito bom e que é um menino muito bom, ou, pelo contrário, que é rebelde, contestador e tem mau gênio. Embora preferíssemos mudá-lo, pensamos que assim é, que nos coube essa situação e que é preciso aceitá-la. Mas a realidade é mais complexa. Em poucas palavras, nós, homens, não temos só instinto, mas também caráter. Um caráter que não se possui ao nascer, mas que vai se fazendo pela interação com o meio, com os costumes e com os outros. "Eu sou eu e minhas circunstâncias", dizia Ortega y Gasset. Ele queria dizer que o eu nada é se lhe retiramos suas relações, seu trabalho, seu dinheiro, seus gostos, suas idéias, sua época. Talvez hoje prefiramos falar de "identidades". A identidade de cada um é seu caráter, mas as identidades vão sendo formadas, ninguém nasce com uma identidade definida e acabada. Não que a criança seja uma página em branco. O que ela chegará a ser está escrito pela metade: possui uma informação genética, uma herança, nasce no interior de uma cultura e de uma posição social e econômica. Uma criança da Guiné terá menos possibilidades de ser isto ou aquilo do que uma catalã ou uma inglesa. O ambiente age sobre a pessoa, molda-a, mas não a determina: o resultado sempre é uma incógnita. Uma incógnita sobre a qual se pode atuar e influir, mas cujo sucesso não se pode garantir. "O homem é, de algum modo, todas as coisas", escreveu o filósofo renascentista Pico della Mirandola. Ele queria dizer que a pessoa tem uma dignidade superior à de outros seres vivos. Essa dignidade consiste em poder ser muitas coisas, consiste na obrigação de ter de empenhar-se em ser isto ou aquilo. Se não fosse assim, a educação não teria sentido.

Como se forma o caráter? Como se forma, em suma, o eu? Os professores sabem-no bem: inculcando hábitos, repetindo atos, acostumando a criança a gostar do que deve gostar e a sentir-se atraída pelo que deve atraí-la. Fazendo que se adapte aos costumes que cremos ser bons. É o que fazemos, por exemplo, quando ensinamos nosso filho a ser limpo e o obrigamos a adaptar-se a um horário. Quando o ensinamos a fazer xixi

| O que se deve ensinar aos filhos

no banheiro, a não comer com as mãos, a limpar-se com o guardanapo, a lavar as mãos antes de comer, a fazer as refeições e a dormir nos momentos adequados. São normas que criam hábitos e acostumam a viver de uma maneira e não de qualquer maneira. Tudo é convencional, sem dúvida. Poderia ser diferente. Nas culturas humanas houve múltiplas formas, por exemplo, de cumprimentar. Isso nos é contado por Ortega em seu artigo "El saludo" [O cumprimento]: um árabe dirá *salaam aleikun* (a paz esteja contigo); o romano dizia *salve* (que tenhas saúde); o grego, *khairé* (desejo-te alegria); nós dizemos bom dia e boa noite; na Índia, em contrapartida, o cumprimento da manhã era a pergunta: "Tiveste muitos mosquitos esta noite?" Enfim, o que essas anedotas nos dizem é que o que importa não é o que se diz, mas que se cumprimente, seja de que modo for. É impossível viver sem regularidades, sem alguns critérios que nos permitam orientar-nos no mundo e saber o que podemos esperar dos outros.

O comportamento animal só consiste em dar respostas a estímulos externos. Quando vê que me levanto e pego a coleira, minha cadela começa a dar pulos de alegria porque sabe que vou levá-la à rua. O comportamento humano é mais complicado: não é a mera resposta a alguns estímulos, mas a capacidade de "inventar" respostas diferentes diante dos estímulos prazerosos ou dolorosos que lhe vêm de fora. Essas respostas, em princípio, são aprendidas por nós a partir do que vemos, vêm dadas pelo que os outros fazem, pelo que nos dizem que se deve fazer e pelo costume. Uma resposta possível e fácil, por exemplo, diante do conflito, é a violência. Vemos com freqüência que é assim que se solucionam os conflitos, que é isso que é posto em prática nas guerras, nas brigas. Por isso, inquieta-nos a imersão televisiva da infância na violência. Ou a imersão na publicidade, cuja mensagem é que a tristeza é curada saindo-se para fazer compras.

Formar o caráter é o mesmo que formar a consciência. A consciência é a imagem que se tem de si mesmo, a capacidade de dizer: "Eu sou esta e sou assim." A formação da consciência tem uma dimensão moral. Não só digo "eu sou assim", mas sou capaz de perguntar-me se é bom ou ruim ser assim. Quando eu era menina, designava-se essa consciência por "ter o uso da razão", que não era outra coisa senão a capacidade de distinguir o bem do mal, entender que nem tudo tem o mesmo valor. O uso da razão se situava por volta dos sete anos, época em que se permitia às crianças fazer a primeira comunhão. Era uma espécie de maioridade moral. Situá-la aos sete anos era sem dúvida ilusório. O indiscutível é que a criança carece de consciência moral quando vem ao mundo e vai adquirindo-a pelo que vê e pelo contato com os outros. Quando a tiver, ela reagirá diante de seus próprios atos com boa ou má consciência.

O que se deve ensinar aos filhos

Quem não é capaz de desenvolver boa ou má consciência carece de consciência. A falta de consciência é uma falta de maturidade que se traduz na incapacidade de um indivíduo de responder. Certas deficiências psíquicas ou mentais, algumas demências que afetam as pessoas de idade, como o Alzheimer, impedem precisamente de ter consciência: a pessoa não se lembra de quem é, não se reconhece nem reconhece seus próximos, não responde adequadamente quando a interpelam, faz loucuras. Não tem consciência e não pode ter culpa. A falta de consciência implica falta de responsabilidade.

Sem dúvida, o que mais contribui para a formação da consciência na infância e na adolescência é a opinião dos outros. E, em especial, a opinião daqueles em quem mais se confia e se crê. Os psicólogos que estudaram a formação da consciência moral na criança dizem que esta passa por uma primeira fase baseada no julgamento de autoridade. A criança reconhece o bem ou o mal através do julgamento de seus pais ou seus professores. Pouco a pouco, irá prescindindo da autoridade e tenderá a julgar-se a si e aos outros por si mesma, a ponderar sobre o bom e o mau. Quando o conseguir, terá adquirido a capacidade de usar a razão. Estará então em condições de responder pelo que faz. Se fizer algo mau, poder-se-á exigir que se explique e se defenda da acusação: Por que você fez isso?

Responsabilidade

Os pais adoram seus filhos e pensam que estes são, quase sempre, um pouquinho melhores do que os filhos dos outros. Os professores se queixam com freqüência da dificuldade de fazer os pais entender que seu filho é insolente, preguiçoso, desrespeitoso ou um estorvo. O pai e a mãe se rebelam contra as críticas que, indiretamente, lhes são dirigidas e se negam a aceitá-las. Isso não só torna difícil a colaboração, imprescindível entre a família e a escola, como favorece pouco a formação na criança de um sentido de responsabilidade.

As crianças das sociedades avançadas são vítimas de uma superproteção paterna e materna. Digo vítimas porque a proteção excessiva sem dúvida acaba prejudicando-as. A intenção de proteger é boa, mas parte de um mal-entendido: queremos o melhor para nossos filhos e julgamos que querer o melhor é facilitar-lhes as coisas ao máximo, evitar-lhes traumas e perturbações, impedir que sofram e não fiquem bem. Entre os sofrimentos habituais está o de ter de responder a partir do que se faz se não se fez o que se esperava que se fizesse. Mas essa responsabilidade é cada vez mais complicada: como somos mais flexíveis, mais permissivos, mais tolerantes, estamos mais desorientados e as mudanças nos desconcertam. Como uma criança poderá aprender a responder por seus atos se não há normas ou se as que há nunca são precisas? Os castigos e as recompensas de épocas que já deixamos para trás foram nefastos, tal como o foram a disciplina e a rigidez das regras que tivemos de aprender e seguir nos colégios de nossa infância. A idéia de pecado, com todos os seus graus de distinta gravidade, criava terríveis angústias e um sentimento de culpa que era tão-somente ridículo. Uma jovem se sentia culpada de usar alças em lugar de mangas, de vestir calças compridas ou de abraçar o noivo quando dançava. A noção de pecado era detestável, é certo, mas é justo que desapareça com ela a idéia de culpabilidade? É bom que o sentimento de culpa se desvaneça? Não é inevitável, para que haja educação na responsabilidade, que exista o sentimento de culpa? Não gostamos de falar de culpa, preferimos falar de responsabilidade. Mas observamos que, ao desaparecer aquela, esta também se esfuma, e isso porque a culpa e a responsabilidade são inseparáveis.

Os antropólogos distinguem entre duas culturas: a cultura da vergonha e a cultura da culpa. São como duas fases históricas de evolução da moralidade, similares à formação da consciência moral na criança a que antes me referi. A cultura da vergonha é mais primária, apóia-se em sanções externas e não na convicção interna de pecado ou de ter agido mal. Um indivíduo sente vergonha não tanto pelo que fez, mas pela reação que sua suposta falta produz nos outros. A culpa, em contrapartida, é o sentimento interno de ter transgredido uma lei ou de ter feito algo mau. Podemos sentir-nos culpados sem que ninguém repare em nossa má ação.

Tanto a vergonha como a culpa foram desastrosas e causadoras de mais de um desvio psíquico na tentativa de regular e controlar o comportamento das pessoas. Por isso, tendemos a rejeitar ambas as culturas. A sanção externa suscitada pelo sentimento de vergonha é própria de sociedades estáticas e homogêneas, as sociedades onde brotou e foi cultivado, por exemplo, o sentimento da honra. Uma pessoa desonrada era uma vergonha pública e devia sentir-se a si mesma como causa dessa vergonha. O sentimento de culpa foi fomentado sobretudo pelos códigos morais precisos e rigorosos das religiões, em especial no que se refere à regulação das relações sexuais. A masturbação era um pecado tão grande e tinha de provocar tanta culpa que uma pessoa ou abandonava a fé ou não podia abandonar o confessionário. Mas voltemos à pergunta anterior: a má consciência, o sentido da vergonha ou da culpa não são inseparáveis da transmissão de valores? Como ensinar que algo está mal se não se provoca ao mesmo tempo um sentimento de rejeição – de vergonha, de culpa – com relação ao mau? A moral não é uma questão só de razão, mas de sentimentos. A criança não aprenderá a comportar-se corretamente se não sentir, ao mesmo tempo que souber, que há modos de comportar-se melhores do que outros.

Vinculado com a culpa e com a vergonha, vinculado na realidade com o que é visto como um prejuízo ao outro, está o perdão. O perdão é parte extremamente substancial da vida da criança. Ensinando-a a pedir perdão, ensinamo-la a corrigir suas falhas no comportamento. É suficiente? O perdão não se transformou numa mera fórmula de cortesia, como o cumprimento, reservado às coisas pequenas, aos empurrões e às pisadas no metrô, enquanto a indiferença cerca as ofensas maiores? A pergunta permanece e com certeza não a resolvemos porque não encontramos a forma de inculcar o sentimento de vergonha ou de culpa.

Dor

Nascemos chorando, o que deve querer dizer que nascemos sofrendo, pois o choro é o sinal mais inequívoco do sofrimento. Nos primeiros anos, as agressões à criança são muitas, simplesmente porque são inseparáveis do crescimento e do desenvolvimento. Os pediatras asseguram, por exemplo, que o aparecimento dos dentes se faz acompanhar por uma dor tão tremenda que um adulto enlouqueceria se tivesse de padecê-la. A vantagem com que contam as crianças pequenas é que ainda não têm a consciência formada, não podem prever a dor e a esquecem com rapidez. É bom que aconteça dessa forma. A dor deveria estar ausente da experiência de uma criança, porque a dor é irracional. Nada justifica que venhamos ao mundo para sofrer. A religião judaico-cristã teve de recorrer ao mito do pecado original e à expulsão do paraíso para explicar a dor no mundo: "Ganharás o pão com o suor de teu rosto" e "Da-

| O que se deve ensinar aos filhos

rás à luz filhos em meio a dores" foram as palavras da maldição divina. Nem para Deus é justificável a dor. Só o pecado humano podia explicá-la.

Irremediavelmente, pois, a criança começa a sofrer. Glorificar a dor pela dor é sem dúvida um absurdo que carece de justificação. Mas também o é empenhar-se em ignorá-la. Há sofrimentos inevitáveis. E outros necessários para que se produza um bem maior: a consulta periódica ao pediatra, as injeções, os primeiros dias de escola – e tantos outros sofrimentos menores e não tão menores que são parte da condição humana. A pedagogia paterna não tem outra solução senão abordar esta realidade: ensinar a enfrentar a dor e a responder a ela, a aceitá-la quando inevitável ou quando pode produzir um bem maior, e a recusá-la, em contrapartida, quando inútil e supérflua. Por maior que seja o avanço da técnica no tratamento da dor e da doença, somos, como disse Heidegger, "seres para a morte": a morte é nosso fim, e a criança terá de conhecê-la e aprender a interpretá-la e a incluí-la em sua própria vida. Por mais que tenha progredido a ciência que favorece a diminuição da dor no mundo, a própria ciência nem sempre esteve a serviço dos melhores objetivos. Continua a haver fome, guerras, discriminações, pobres e ricos, existem homens e mulheres que praticamente só vêm ao mundo para sofrer. Também não é justo que a criança cresça sem conhecer essa realidade.

Dor

Referi-me no capítulo anterior à superproteção com que tendemos a defender nossos filhos. Isso tem alguma relação com a vontade de poupar-lhes sofrimentos. Não apenas queremos que eles não sofram como tampouco desejamos que vejam sofrer. Melhor dizendo, aceitamos sem medo que vejam sofrer à distância: o horror de uma guerra, os campos de refugiados, as imagens da fome, que se vêem quase todos os dias pela televisão, são visões do sofrimento toleráveis, inclusive saudáveis para compensar a fácil complacência no bem-estar que se desfruta. É um sofrimento alheio e distante, pouco se relaciona conosco e, além disso, a televisão o trivializa. São só notícias, mortes longínquas de pessoas que nem sequer conhecemos: é lógico que não nos afetem. Mas, ao mesmo tempo, reconhecemos a dificuldade das sociedades atuais – em que as imagens da vida prazerosa, sadia, jovem são as que predominam – de integrar a morte e familiarizar-se com ela. A religião explica a morte porque, na realidade, a nega ao crer numa vida futura. Porém, para além da religião, a morte é inexplicável, é a própria irracionalidade. Que fazer então? Retardar ao máximo a experiência da morte? Ocultá-la da criança visto que nem o adulto é capaz de entendê-la? Talvez seja um erro pensar assim. A doutora Kübler Ross, especialista em crianças com doenças terminais, contou coisas assombrosas sobre a capacidade de uma criança de enfrentar com lucidez não só a morte de seu amigo,

| O que se deve ensinar aos filhos

de seu irmão ou de sua mãe, mas a sua própria morte. A morte é inexplicável, mas sua realidade nos faz pensar na vida, que é fundamental. A morte de um ente querido provoca uma reviravolta no sentido que até então tiveram muitas coisas: o importante se torna banal, e o que passava despercebido se coloca em primeiro plano. Essas lições sobre a vida, dadas pela morte, também começam a ser aprendidas pela criança se esta é ajudada a vê-las assim.

Conviver com a dor é uma necessidade que os estóicos entenderam muito bem, eles que nos ensinaram a considerar a vida "com estoicismo". Aprender a tirar proveito até mesmo do que parece mais inútil e injusto. As crianças não estão a salvo de doenças, acidentes, frustrações, desencontros, desafetos. Elas terão de aprender a enfrentá-los com valentia (da valentia falaremos em seguida), e o melhor caminho para fazê-lo é não ignorá-los.

Aceitar a dor inevitável é uma primeira lição. Uma lição de humildade e, no fundo, de humanidade. Não somos ninguém, com efeito, porque somos mortais. A segunda lição caminha em sentido contrário: há muita dor evitável no mundo, pois depende de nós que ela diminua, que desapareça ou, pelo menos, que seja mitigada ainda que muito parcialmente. Nas sociedades avançadas, onde a pobreza e a miséria estão enclausuradas em guetos e se desejam ocultar, o sofrimento e a dor de outras pessoas são percebidos como um espetáculo com que a televisão nos horroriza de vez em quando, embora o horror seja efêmero. A rejeição da dor dura o que dura a informação, alguns minutos, reduzindo-se a determinadas imagens. Não só a intolerância, a xenofobia, a recusa do outro – fenômenos desventuradamente freqüentes em nosso mundo tão civilizado – são uma conseqüência desse déficit de sensibilidade no que se refere à dor do outro, como também a transformação necessária para que o sofrimento inútil diminua não se produzirá se as crianças de hoje crescerem complacentes em seu bem-estar e alheias à dor de outras crianças que são como elas, só que bastante mais infelizes.

Dizem que nossa sociedade é exageradamente hedonista, que só busca o prazer e, se isso é possível, de maneira individual, a fim de poder desfrutar uma maior parcela dele sem ter de compartilhá-lo. Esta sociedade teme o sofrimento. Mas ao mesmo tempo o produz. Produzimos sofrimento para não sofrer, explica o filósofo Pascal Bruckner: nunca as pessoas padeceram tanta ansiedade diante das múltiplas obrigações que se impõem a si mesmas para chegar a ser felizes. O telefone, as viagens, as auto-estradas, o trabalho compulsivo, a velocidade configuram uma maneira de viver que difere da tranqüilidade que buscava o sábio hedonista, para o qual o prazer era contraditório com a alteração constante e desordenada das emoções. Mas somos assim e

| O que se deve ensinar aos filhos

assim conseguimos aumentar a dor inútil à custa de deixar que a dor impulsionadora do pensamento e da solidariedade passe despercebida. Por isso, não é exagero procurarmos refletir sobre como e por que sofremos e tentarmos ensinar nossos filhos, pelo menos, a sofrer um pouquinho melhor.

Auto-estima

O fim último da educação é que a pessoa seja capaz de desenvolver-se por si mesma sem demasiadas dificuldades e com o máximo de satisfações possível. Esse fim supõe algo fundamental, que é a auto-estima: ninguém se atreverá a viver por sua conta e risco se não se amar a si mesmo, se carecer de confiança e de segurança em suas capacidades. A auto-estima é uma condição básica da vida digna.

Não é certo que todos os homens sejam iguais. Nós o somos – ou deveríamos sê-lo – em dignidade e em valor, mas, de fato, somos muito desiguais. Embora a desigualdade nem sempre seja negativa. Há desigualdades inevitáveis, como as que ocorrem entre os pais e os filhos, os professores e os alunos, o médico e o paciente, o governante e os governados. Desigualdades de poder, que são a origem de todas as desigualdades. Não, a desigualdade não é ofensiva se não significa, ao mesmo

| O que se deve ensinar aos filhos

tempo, discriminação, domínio, superioridade. O mau não é que sejamos diferentes, nem mesmo que sejamos desiguais; o mau é que a diferença ou a desigualdade produzam rejeição e exclusão. Falamos então de injustiça.

Há filósofos que afirmam que não há injustiças naturais, mas que, pelo contrário, todas as injustiças são criadas pela sociedade. Se o cego, o coxo, o obeso ou o pouco inteligente se sentem desiguais ao ponto de sentir-se excluídos da normalidade é porque a sociedade valoriza o que as pessoas com essas deficiências não têm e não se esforçou, em contrapartida, em reconhecer o que os cegos, os coxos, os obesos ou os pouco inteligentes são capazes de fazer apesar de suas supostas deficiências. Na infância, e quando tem início a idade escolar, essas diferenças surgem como enormes desigualdades às vezes impossíveis de superar. Isso é trágico, visto que a auto-estima depende da capacidade de cada um de aceitar-se como é, com tudo o que tem e tudo o que lhe falta. Chegar a amar-se é um longo processo e requer muita ajuda.

A segurança e a confiança em si mesmo, que são a base da auto-estima, dependem em larga medida da segurança e da confiança que os outros infundem. Um indivíduo não pode chegar a amar-se se não se sente ao mesmo tempo querido pelos seus. Os pais são os primeiros que devem e podem conceder essa confiança.

Se todos nos reconhecemos e nos vemos no espelho que os outros têm de nós, os pais são aqueles que mais cultivam a imagem que a criança terá de si mesma. Desde muito pequena, a criança olha a mãe para o bem e para o mal. Para receber aplausos e censuras. A mãe e o pai são o referente que vai construindo sua identidade. "Isto não se faz"; "Você fez isto muito bem"; "Você é um bom menino"; "Estou muito contente". Toda a vida da criança pequena é um encontro com a aceitação ou a rejeição dos adultos.

É muito importante, pois, para que uma criança se aceite a si mesma, que comece por ser aceita pelos pais. Por amá-la, na realidade, pois não há amor sem aceitação do outro. Que não a idealizem nem projetem nela o que não é nem talvez nunca possa chegar a ser. O pai ou a mãe que não conseguiram seguir uma carreira dedicam-se a que o filho seja advogado ou engenheiro. E é muito possível que essa criança não seja em absoluto atraída por nada desses estudos, que prefira ser atriz ou cozinheira. Que decepção! – pensam absurdamente os pais, que forma de jogar fora as oportunidades que têm e nós não tivemos! Nenhum pai quer reconhecer que o filho não se adapte àquilo que, em sua opinião, é o melhor. Nenhum pai está disposto a admitir que o melhor para ele pode não sê-lo para o filho. Dois erros descomunais que não ajudam nem a conseguir realmente o melhor para os filhos nem a fomentar neles a auto-es-

| O que se deve ensinar aos filhos

tima. Os filhos também se equivocam, sem dúvida, e não contam com a experiência que os pais possuem. Mas os equívocos pessoais têm melhor aceitação do que os induzidos por outras pessoas. Os adultos são os primeiros que devem revisar sua hierarquia de valores e perguntar-se se se justifica e a que preço. Aquilo que nos é oferecido como "o normal" ou "o que se deve fazer" sempre é questionável. Sempre é preciso perguntar-se quem impôs essa normalidade: o consumo, a moda, os preconceitos, o dinheiro?

Nas sociedades estáticas recentes, a criança era identificada com alguém que dependia do lugar que ocupava entre os irmãos e da condição profissional e econômica da família, assim como, em especial, do pai. Os jovens tinham poucas opções entre as quais escolher: eram preparados para ser o que já estava escrito que deviam fazer. O primogênito herdava o negócio familiar, o segundo estudava uma carreira ou se tornava padre. Para não falar das mulheres, que, até há pouco, não só estavam inexoravelmente condenadas a ser donas-de-casa como nem sequer podiam escolher o marido. Agora somos mais indivíduos, mais livres, tanto os meninos como as meninas têm muito mais possibilidades de escolher o que querem ser. Ajudá-los nessa decisão sem impor-lhes demasiadas condições é um quebra-cabeças nada fácil, que começa quando se descobre que o filho não é tão estudioso quanto se teria desejado e talvez não possa fazer o ensino médio. Uma tragédia? Não, a tragédia é transformar isso numa tragédia. A auto-estima não depende de chegar a ser isto ou aquilo, mas de aprender a usufruir o que se é.

Como vive na companhia de outros seres humanos, o homem não pode evitar comparar-se com outros para amar-se ou desprezar-se a si mesmo. Mas fazer depender a própria estima do que valem os outros só consegue estimular a inveja. Tentamos suprimir os prêmios e os castigos da vida da criança, já não há primeiros e últimos da classe, ninguém é afastado porque não se sobressai. Mas as diferenças e as exclusões continuam porque as comparações são inevitáveis. Tal como são inevitáveis os ciúmes entre irmãos. Nenhuma criança se sente feliz sendo um "príncipe destronado". Educar, entretanto, significa procurar extrair o melhor de cada pessoa. E o que é o melhor e que a criança dificilmente reconhecerá por si mesma chegará a ser descoberto por ela com a ajuda dos pais se estes souberem dar-lhe a imagem mais favorecida e menos falsa de si mesma.

Bons sentimentos

Todas as teorias que envolvem os sentimentos são hoje bem recebidas. O atrativo que têm, contudo, procede de um mal-entendido: pensamos que o sentimento é o mais espontâneo e natural que há no homem, o mais genuíno, e que, como tal, merece um respeito e um lugar de destaque. Mas não é exatamente assim. Os sentimentos também são educados, sendo possível ensinar a ter bons ou maus sentimentos. Percebo, por outro lado, a tolice que encerra a expressão "bons sentimentos", que nos recorda as campanhas do Domund* de nossa infância. Em lugar de estar associada ao comportamento nobre, a expressão "bons sentimentos" mostra-se vinculada com o comportamento hipócrita e com a ambigüidade moral. Isto é, pressinto uma rejeição imediata ao conceito de bons sentimentos. Rejeição por-

* A autora se refere ao Movimento DOMINGO MUNDIAL DAS MISSÕES. (N. da T.)

que uma coisa é sentir e outra, fazer. São atos bons e não bons sentimentos o que esperamos das pessoas. Rejeição, igualmente, porque tendemos a crer que nossos sentimentos não são alvo de reprovação. Os sentimentos podem ser julgados? Que direito temos de lutar contra o que se sente? Que direito tenho de fazer que meu filho sinta os afetos e as afinidades que sinto? E se me equivoco? É legítimo pensar que no tange aos sentimentos há uma verdade, um bom critério?

Que assuma validade a única verdade a esse respeito: no terreno movediço em que caminhamos, não há verdades nem falsidades absolutas. E, além disso, assim como dizemos que o inferno está cheio de boas intenções, assim também poderíamos dizer que o está de bons sentimentos. Com o sentimentalismo à frente – paródia dos bons sentimentos –, não se vai a lugar algum. Não basta ter bons sentimentos; o que importa é agir de acordo com eles. Não obstante, e ainda aceitando todas essas reservas, reconheçamos que o que impele a agir – o que motiva, permitam-me usar essa palavra mágica no discurso pedagógico – é o sentimento. A criança foge do pediatra que lhe aplica uma vacina, mas não do vendedor que lhe dá um doce. Buscar um prazer e evitar a dor são os móveis do comportamento animal e humano. É bom o prazeroso e mau o doloroso. Simples assim? Não, não é tão simples. Distinguir entre o bom e o mau é avaliar que prazeres e que dores são mais convenientes que outros. E não apenas convenientes para mim, mas também para os outros, e, se me põem contra a parede, para a humanidade. Sem essa avaliação que denominamos "racional", o ser humano não se distinguiria do animal, como já o expliquei no capítulo sobre o caráter. Ora, essa avaliação, esse momento de distanciamento e de reflexão entre o estímulo exterior e minha resposta ao estímulo, o momento de deliberação que antecede a decisão, é o que forma e domestica o sentimento.

Vejamo-lo com alguns exemplos. Não é raro que uma criança aprecie martirizar os animais (sempre que não sejam seus) ou até martirizar outras crianças por serem menores e mais sujeitas à dominação. Não é raro porque a criança se deixa levar pelo que sente e, se sente raiva, manifesta-a sem rodeios. Manifesta inclusive a urgência de destruir seus próprios brinquedos ou bater forte e insistentemente a uma porta porque algo acaba de contrariá-la e a aborrece. São, na realidade, comportamentos interesseiros, egoístas, que não levam em conta o destino ou o sentimento alheio. Esses sentimentos, que na criança podem ocorrer em estado muito puro, sem nenhuma ambigüidade – por isso dizemos que nos surpreende a crueldade das crianças –, o homem adulto e civilizado aprendeu a dissimulá-los e a ocultá-los. Não é que ele não sinta ódio nem tenha preferências e fobias muito marcadas; o que acontece é que aprendeu a não manifestá-las sem mediações. Hipocrisia? Nem sempre: a convivência seria impensável sem isso que, no fundo, não é senão delicadeza e deferência diante do outro. Domesticar o sentimento não é destruir a naturalidade (o que é ser natural? alguém o sabe?). É, pelo contrário, ensinar que a raiva, o ódio, a tristeza ou o desespero nem sempre são, como dizia Spinoza, os "afetos adequados". Há inumeráveis sentimentos que dificilmente se produzirão se não forem ensinados nem puderem ser aprendidos. A solidariedade com aquele que sofre e que não é nem meu irmão nem meu amigo não se produz por arte de magia, mas precisa de uma aprendizagem e de um treinamento.

Um fenômeno infelizmente atual é o das organizações ou das tribos juvenis que manifestam sentimentos neonazistas, racistas, xenófobos: *skin heads* e outros tipos semelhantes. De onde podem ter brotado – perguntamo-nos – sentimentos tão aberrantes entre os jovens e já no século XXI? Uma análise superficial culpa o cinema, a televisão, os modelos que se oferecem aos jovens em todos os lugares. Esses são, de todo modo, sintomas de algo mais profundo: no âmago desses comportamentos se aninha uma série de preconceitos que se instalam na mente e na pele dos adolescentes e dos jovens especialmente dispostos, por circunstâncias diversas, a deixar-se vencer e levar pelo que chamamos de "sensações fortes". Os preconceitos – julgamentos infun-

| O que se deve ensinar aos filhos

dados, que procedem do desconhecimento – são uma inesgotável fonte de rejeição e de ódio à pessoa vítima do preconceito, que não é vista como pessoa, mas como um estrangeiro, um negro, um pobre, um deficiente. O conhecimento adequado, em contrapartida, o conhecimento do outro como uma pessoa, só pode suscitar o sentimento contrário: respeito, solidariedade, compaixão ou simpatia por aquele que, apesar de sua diferença, não é menos pessoa. O sentimento de ódio e rejeição do *skin head* não é um bom sentimento, sendo-o, do contrário, o daquele que aceita o outro e o trata como a um igual. Acaso não é uma obrigação ensinar a sentir um e evitar que se sinta o outro?

O filósofo Thomas Hobbes, querendo explicar a razão de ser do poder político ou do Estado, definiu o ser humano como um ser egoísta por natureza: um ser que se busca a si mesmo e é sumamente ambicioso, a ponto de aniquilar os outros para satisfazer os próprios desejos e perseguir exclusivamente seus interesses: "O homem é o lobo do homem." Por isso – acrescentava –, precisamos de um Estado que, por assim dizê-lo, nos coloque nos trilhos e, ao mesmo tempo, nos proteja dos outros. Embora, vendo como vai o mundo, pensemos que Hobbes não estava muito equivocado, a definição do homem como egoísmo puro nos parece exageradamente pessimista. Seja como for, esse egoísmo excludente, esse sentido de propriedade que alguns pais nutrem com respeito aos filhos e os filhos com respeito a qualquer coisa que possuam, é corrigível. A correção vem da capacidade de pôr-se no lugar do outro, uma capacidade não inata, mas adquirida, que foi proposta como "a regra de ouro da moralidade" e que remonta a Confúcio: "Não faças aos outros o que não queres que te façam a ti." Eis a base dos bons sentimentos.

Embora exista uma máxima que diz que "todos os homens nascem livres e iguais", é evidente que não é isso o que ocorre: nascemos desiguais e alguns mais livres do que outros. A máxima, pois, só exprime um anseio, algo que deveria ser e não é. A criança não o sabe e é preciso fazer que chegue a entendê-lo: explicar-lhe que o diferente não é rejeitável mesmo quando aceitá-lo signifique ter de repartir o que se tem ou renunciar a parte dele. Num mundo tão individualista e aferrado à propriedade como o nosso, os bons sentimentos – que sempre são bons sentimentos com relação aos outros – só prevalecerão e aumentarão se forem ensinados de maneira explícita. A realidade oferece muito pouca evidência de que existam.

Bom gosto

Chegando a este capítulo, adivinho a reação dos leitores que tenham tido a paciência de chegar a ele. Como? Também é preciso educar o gosto? Não nos dizem que o gosto é subjetivo, que cada um tem o seu e que, além disso, sobre gostos não há nada escrito?

Bem, em primeiro lugar, aqueles que pensam que não há nada escrito sobre gostos se surpreenderiam ao ver a quantidade de tinta gasta para escrever e teorizar sobre o gosto, isso que se supõe tão pessoal e subjetivo. Em segundo lugar, ninguém nasce com certos gostos ou outros; no primeiro dia em que damos verdura a nosso filho, ele a cospe. Depois, acostumar-se-á a comê-la e até pode ser que acabe sendo uma de suas preferências. Habituamo-nos a gostar de certas coisas porque fazem que as apreciemos. Além disso, penso que a ética – os bons sentimentos – e a estética – o bom gosto – deveriam caminhar juntas. Quero dizer – e me beneficio aqui de uma idéia muito querida dos primeiros filósofos – que os bons sentimentos são também sentimentos belos. A beleza e o bem acabam sendo uma mesma coisa.

Não creio que seja difícil aceitar a idéia de que o gosto – não falemos de bom ou mau – se eduque. Por que gostamos de ler, de ouvir música, de cinema ou de uma obra-de-arte? Poderíamos apreciá-los da mesma forma se não tivéssemos sido treinados para que deles gostássemos? Eu dizia, a propósito de outro tema, que se ensina a criança a ser limpa ao ponto de que acabe gostando da limpeza e julgue inconcebível que alguém não possa tomar banho todos os dias. O sentido do gosto se educa, é fruto de uma aprendizagem. O que não quer dizer que uma criança desenvolva mais que outra o gosto pela leitura, pela música, pelo futebol, pela roupa de marca, pelos hambúrgueres ou pelo banho pelas manhãs. Não somos iguais, mas não podemos gostar do que nunca vimos nem experimentamos.

Prova de que o gosto se educa é que é adjetivável. Há um gosto *kitsch*, um gosto cafona e um gosto brega. Existem o bom gosto e o mau gosto na música, na literatura, na decoração, no vestir ou no falar. Assim como dizemos que não tem sentido falar de moral se partimos do pressuposto de que "tudo tem o mesmo valor", o mesmo é aplicável ao âmbito estético: não tem sentido falar de gosto, de beleza, de estética, se partimos do pressuposto de que tudo é belo ou de que basta que

O que se deve ensinar aos filhos

algo seja maciçamente apreciado para que possa ser considerado belo.

Não há apenas um bom gosto referente à cultura com maiúscula. Também há um bom gosto nas regras de convivência mais cotidianas. É o que denominamos "saber estar". As regras do saber estar – tal como quase todas as regras e todos os critérios – são mutáveis. Todo o novo é, em princípio, recusado pelo costume que está alicerçado no antigo e que, por definição, é conservador. As vanguardas, em arte, se introduziram e foram aceitas com dificuldade. Hoje, em contrapartida, ninguém nega o valor do surrealismo de Dalí, por exemplo. O mesmo cabe dizer do "saber estar". As formas corretas que o definiam há alguns anos não são as que o definem agora. Em minha época de estudante, não ocorria a nenhum professor apresentar-se em sala de aula sem casaca e gravata, penteado com um rabo-de-cavalo ou envergando um brinco na orelha. Hoje, o que é raro é usar gravata. Isso significa que perdemos a noção do "saber estar"? Alguns crêem que sim, mas não o é exatamente. O saber estar não é contrário à originalidade nem à transformação dos costumes. Mas também não equivale a estar de qualquer maneira.

A filósofa alemã Hanna Arendt mostrou que a educação é sempre e de algum modo "conservadora". Pois, para educar, é preciso ensinar coisas, e nós, adultos, não temos outra solução senão ensinar algo daquilo que, por nossa vez, nos foi ensinado ou algo do que nós próprios construímos. Educar as gerações mais jovens é fazer uma escolha do que temos como se disséssemos: desejamos que vocês conservem isto porque nos parece que é bom mantê-lo e não destruí-lo. É possível que os jovens permaneçam com isso ou, pelo contrário, o rejeitem. Seja como for, a função do educador não é destruir tudo, mas transmitir algumas normas ou alguns valores e fazê-lo com o carinho necessário para que a criança ou o jovem aprendam também a apreciá-los.

Essa circunstância explica que sempre ocorra um choque entre gerações. Voltando ao tema do "saber estar", é preciso que as crianças e os jovens aprendam a "saber estar", a ser bem-educados, que percebam que nem tudo vale em todo lugar nem para qualquer ocasião. E, se necessário, não temos outro remédio senão ensinar-lhes com os modelos e os critérios que tornamos nossos. Se vão aceitá-los é outra questão, mas só ensinando-lhes nosso modo de "saber estar" entenderão que isso é necessário e bom, embora decidam fazê-lo de outra forma. Os conteúdos às vezes são menos importantes do que as formas, mas é impossível aprender formas sem se valer de alguns conteúdos. Formas de cumprimentar há muitas, mas só dizendo algo como "bom dia" ou "como vai?" se aprende a cumprimentar.

Valentia

A valentia é uma das grandes virtudes louvadas pelos primeiros filósofos. Hoje, entretanto, está em desuso e até pode ser mal visto o elogio da valentia. Não é incomum que seja assim se pensamos que a valentia é uma virtude guerreira, associada ao valor militar, uma qualidade viril e masculina, pouco simpática em tempos de feminismo e pacifismo.

Volto à minha impressão de que nossos filhos crescem superprotegidos. Damos-lhes tudo o que podemos dar-lhes e até o que não podemos, evitamos que passem por traumas e sofram, aplainamos o seu caminho. Com essa preparação, pergunto-me: de onde queremos que extraiam energias para enfrentar os desgostos, os fracassos, os golpes e as decepções? Parece que não estamos aprendendo a lição que diariamente nos dá a economia de mercado: só vale o que custa dinheiro e, quanto mais custa, mais valor tem, sendo o que se recebe gratuitamente, em contrapartida, menosprezável. Por que não pensar que isso ocorre também com o esforço não crematístico? Tudo o que custa um esforço ou um sacrifício é valioso. Não há esforço sem valentia ou coragem. Logo, a valentia está na base de qualquer valor.

Vamos por partes. Eu me referia à superproteção da infância: a criança como "o rei da casa" que só precisa fazer um gesto para que seus desejos sejam atendidos. Ponhamos essa superproteção ao lado da apatia, da falta de impulso, da carência de vontade, da indolência que qualificam o comportamento de não poucos jovens. Não é lógico encontrar uma relação entre uma coisa e outra? São jovens que não aprenderam a esforçar-se nem tiveram de lutar por nada. Não tiveram ocasião de cultivar a valentia. Tiveram muitas oportunidades, sem dúvida, mas demasiado gratuitas, não conseguiram ter sucesso nelas. Há quem veja na ânsia de viver perigosamente de muitos jovens uma vontade de encontrar, na velocidade, no álcool, nas drogas, uma forma de expressar seu valor. Mas essas formas já não são valentia, são temeridade.

Também os gregos distinguiram ambas as coisas. A virtude – dizia Aristóteles – é o termo médio entre dois extremos. A valentia, nesse caso, é o termo médio entre a covardia e a temeridade. Ser valente é superar esse medo de tudo o que impede de agir, e evitar, ao mesmo tempo, o atrevimento do fanfarrão que tudo ousa e põe em perigo a própria vida a qualquer momento. Assim entendida, a valentia continua sendo necessária, apesar dos séculos que transcorreram desde que Aristóteles falou dela, porque a valentia é esse mínimo de ambição imprescindível para vencer a apatia, a falta de paixão – eis o que significa *a-pathia*: sem paixão – por viver. Uma ambição desmesurada – muito característica desta época competitiva – não é aconselhável, mas na verdade a ambição que fixa para si uma série de metas e, sobretudo, o valor para não retroceder no empenho de atingi-las. Se a vida é um projeto aberto, que sentido tem um projeto carente de ambição e de coragem para realizá-lo?

Mas não acaba aqui a utilidade da valentia. A valentia é a força de vontade para chegar a fazer algo e, sobretudo, para enfrentar os obstáculos, as adversidades, as dificuldades com que se vai irremediavelmente deparar. A criança tem de aprender a fortalecer-se e a tornar-se corajosa diante do que lhe cruzará o caminho e a contrariará. Se lhe aplainamos demais o caminho, se procuramos ocultar-lhe o que não apreciará, se lhe damos a mão a todo momento, quando aprenderá ela a reagir com força? De onde extrairá uma coragem de que nunca precisou? Os filósofos medievais denominaram a valentia *fortitudo* e *animositas*. Ser valente é ser forte e animoso diante das desventuras, saber reagir diante do sofrimento inevitável, inclusive quando nem sequer se vislumbra uma razão para a esperança. Fazer-se crescer diante das dificuldades pode ser uma vulgaridade indecorosa, mas pode ser também uma amostra dessa coragem que é, às vezes, o único recurso ao nosso alcance para continuar vivendo.

Há ainda outra razão para cultivar a valentia. A de que ela é um antídoto para o egoísmo. Pensar nos outros, levá-los em conta, esquecer-se de si mesmo ainda que momentaneamente exige coragem. Acaso não é o soldado o protótipo do valente porque arrisca a vida e está disposto a perdê-la por um ideal? É certo que o ideal pode ser bom ou mau. Por isso, porque nem todos os ideais têm o mesmo valor, preferimos hoje elogiar a valentia de um médico sem fronteiras do que a de um soldado. A valentia, escreveu contudo Voltaire, se dá nos grandes heróis e nos grandes criminosos. Na realidade, é um instrumento imprescindível para levar a termo as boas causas, mas pode ser perverso a serviço de uma causa desprezível.

Generosidade

Estamos diante de outra virtude *démodée*. Preferimos falar hoje de solidariedade. Mas creio que a solidariedade não nos serve aqui. Como também não nos serviriam a caridade ou a fraternidade, que são os termos mais clássicos. Vou dizê-lo de outra forma: o modo de ensinar nossos filhos a ser solidários é ensiná-los a ser generosos. O âmbito familiar não é o adequado à solidariedade, tal como também não o é à justiça. A virtude da solidariedade se institucionalizou, seu objetivo são pessoas estranhas ao âmbito mais próximo e familiar: as vítimas de um terremoto, de uma guerra, de um acidente, sempre algo distante. Com seus pais, irmãos, avós, uma criança não tem de ser solidária; tem de ser generosa.

Trata-se de uma virtude antiga, embora na antiguidade tenha tido outros nomes. Aristóteles denomina-a "liberalidade" e a explica dizendo que é a qualidade do homem livre, não do escravo; por sua condição econômica e social, o homem livre tem a obrigação de ser generoso. Ele acrescenta que a generosidade – como todas as virtudes, nós o recordávamos ao referir-nos à valentia – consiste no termo médio entre dois excessos: a avareza e a prodigalidade. O avaro, com efeito, não é generoso, mas também não o é o pródigo, aquele que dá mais do que tem e pode dar na realidade (lembrem-se da parábola evangélica do filho pródigo que desbaratou seus bens e arruinou a vida). Ser generoso, pois, é evitar tanto a avareza como a transformação num mão-aberta. Sendo uma "virtude referente ao dinheiro", a liberalidade ou generosidade consiste em saber usar bem a riqueza. Tudo isso nos é ensinado por Aristóteles.

Isso significa que, já na infância, é preciso ensinar a usar bem o dinheiro? Embora cada vez mais as crianças tenham um acesso prematuro ao dinheiro e à possibilidade de gastá-lo, uma criança não ganha nem lida com tanto dinheiro a ponto de poder ser generosa com ele. Em princípio, o menor recebe e dá pouco porque não tem grandes coisas; como ensinar-lhe então a ser generoso e para que ele precisa sê-lo?

A generosidade não é só uma atitude diante do dinheiro ou das posses. Sêneca definiu-a como "a arte de dar" em geral, uma arte cada vez mais escassa numa sociedade que valoriza as pessoas pelo que têm e reconhece como um dos direitos mais apreciados o direito à propriedade. Um direito, além disso, que foi visto por alguns como a causa de todas as misérias, crimes e horrores do gênero humano. Recordemos a célebre passagem de Rousseau: "O primeiro que, tendo cercado um terreno, se atreveu a dizer 'Isto é meu', e encontrou pessoas tão inocentes que nele acreditaram, foi o verdadeiro fundador da sociedade civil. Quantos crimes, guerras, mortes, quantas misérias e horrores teria poupado ao gênero humano aquele que, arrancando as estacas ou enchendo o buraco, tivesse dito a seus semelhantes: 'Não escuteis esse impostor; estareis perdidos se esquecerdes que os frutos são de todos e que a terra não é de ninguém!'" Apesar de Rousseau e, depois, de Marx, a propriedade, que em princípio foi uma usurpação, é um direito reconhecido em nossas sociedades e a criança o capta de imediato: "É meu!" é uma das expressões que qualquer criança aprende sem tardar e usa sem reparos. O que ela ignora, evidentemente, é que a propriedade se acha mal distribuída, gera desigualdades, sendo estas a causa de discriminações, ódios, desprezos e exclusões.

Ensinar uma criança a ser generosa significa, pois, ensiná-la a não viver tão apegada ao que é seu, ensiná-la a dar e não só a receber. A generosidade é também o antídoto para o egoísmo, entendendo-se por tal o apego exagerado ao eu e a tudo o que lhe pertence ou a seus interesses. Significa pôr o que se tem ao mesmo tempo a serviço do outro que tem menos ou a quem faltam muitas coisas. Não é importante pensar no dinheiro, que é uma pertinência dos adultos. Como escreve Comte-Sponville, "ser generoso é libertar-se de si mesmo, das pequenas covardias, das pequenas posses, das pequenas cóleras, dos pequenos ciúmes". Há aqui muita substância relacionada com a vida da criança: ser generosa com os outros significa aprender a não incomodar, aprender a aceitar o irmão menor e os colegas de escola, desapegar-se de algo próprio para dá-lo a quem tem menos. Todos os pais sabem como os filhos podem ser incômodos, para seus próprios pais e para os outros. Ensinar a uma criança que não grite, que não interrompa, que escute, que responda adequadamente, que não brigue com o irmão ou que o deixe divertir-se com seus brinquedos é ensinar-lhe os princípios da generosidade.

Afirmou-se que a generosidade é necessária porque falta o amor. Com efeito, não se deve pedir a uma mãe que seja generosa com os filhos; ela o é por prazer e por amor, porque seu corpo o pede para sê-lo. Mas amam-se de verdade os próprios filhos e só em geral, ou em teoria, os do vizinho. O afeto é seletivo, do contrário seria impossível e perderia seu encanto. Desse caráter seletivo necessário deriva a obrigação de tratar minimamente bem os outros não tão queridos e inclusive dar-lhes o que lhes falta quando há sobra disso. Por isso, Aristóteles julgava que a generosidade só era patrimônio dos privilegiados; apenas os homens livres – não

| O que se deve ensinar aos filhos

os escravos – estavam em condições de ser generosos. A generosidade é o contrário do egoísmo e também do orgulho, que consiste em sentir-se superior aos outros simplesmente porque se teve melhor sorte.

Mas vivemos maus tempos para ensinar a generosidade. O que nossos filhos aprendem é que só vale o que se paga, enquanto a generosidade pressupõe gratuidade: dar sem esperar nada em troca. Talvez por isso não seja o estímulo mais adequado nem instrutivo recompensar com dinheiro os pequenos serviços realizados pelos filhos. Ao fazê-lo, damos ao dinheiro uma importância que este não deve ter, transformamo-lo numa compensação inoportuna e não transmitimos a necessidade de fazer certas coisas de maneira gratuita, sem exigir compensação.

Amabilidade

Uma pessoa amável é a que se faz digna de amor. Em termos mais simples: aquela que se faz amar. Como o faz? Mostrando-se compreensiva, aberta, disponível, disposta a ajudar. Numa palavra, não poupando simpatia. A palavra *simpatia* significa etimologicamente "sentir com": sentir a alegria e também a dor do outro, estar com ele aconteça o que acontecer, no prazer e no dissabor. É a mesma palavra que *compaixão*, que também significa "sentir com" o outro. A compaixão é um conceito que foi se deteriorando porque o identificamos com a piedade, com a caridade, a esmola; isto é, toda a parafernália moralista que acompanha uma mais que suspeita boa consciência, disposta a atender momentaneamente aquele que sofre para poder esquecê-lo de imediato. Assim entendida, a compaixão tem pouca relação com a disposição a uma amizade cultivada, não sentida em primeiro lugar, mas imprescindível para que a vida em comum seja cômoda e agradável.

| O que se deve ensinar aos filhos

A amizade, tal como a simpatia ou a compaixão, é um sentimento que seleciona as pessoas. Algumas nos atraem mais e outras tendem a provocar-nos rejeição; nem todo mundo nos é simpático. Não obstante, a convivência obriga a aprender a necessidade de aparentar certa simpatia mesmo com aqueles que não nos despertam um afeto especial ou cuja mera presença chega a nos incomodar. Não é preciso escandalizar-se nem rasgar as roupas diante desse disfarce ou desse cuidar das aparências em que muitas vezes consiste a moralidade. Fingir que se sente o que não se sente nem sempre é reprovável. Aprender a escutar, a sorrir, a mostrar-nos gratos e de bom humor, fazer que o outro se sinta à vontade conosco e não ser sempre um chato para os outros são características elementares da boa educação, seja ou não autêntica. A obsessão no sentido de ser autêntico é tão absurda quanto a obsessão pelo natural. A autenticidade é aplicável a algumas coisas. Por exemplo, entendemos o que é um documento autêntico, uma assinatura autêntica, uma obra-de-arte autêntica, porque podemos averiguar os critérios que os autenticam. Mas que sentido tem dizer que uma pessoa é autêntica? Autêntica com relação a quem, qual o padrão da autenticidade pessoal?

A amabilidade não é, pois, uma diminuição de autenticidade, mas uma exigência social. Mas uma criança não o sabe porque, muitas vezes, ser amável significa um esforço suplementar que não se insere em seus cálculos. Por que tem de sorrir a quem não lhe desperta nenhuma graça? Por que tem de fingir que está à vontade com quem lhe é indiferente e aborrecido? Ela, evidentemente, gosta que lhe sorriam, mas daí só deduz que há pessoas que são mais simpáticas do que outras. Um mal-entendido que convém corrigir. A amabilidade ou a simpatia não são algo que alguns têm e outros não. Não são características "naturais". É preciso ensinar a criança a ser simpática e amável. No que se refere ao comportamento humano, nada é estritamente natural: tudo é convencional, artifício, contemplado de fora. Já o disse Rousseau, a vida em sociedade significa o predomínio da aparência: ser social significa deixar de ser si mesmo e começar a ser para os outros.

O próprio Rousseau pensava que a compaixão era uma virtude associal, isto é, uma qualidade "natural" que o homem teria possuído se a vida em sociedade não o tivesse pervertido. Pois, como víamos ao nos referir à generosidade, na sociedade há discriminações, distâncias, rejeições; na sociedade não existe a compaixão indiscriminada pelo que sofre, mas só pelo que sofre e é de verdade "meu próximo" (literalmente, está "próximo" de mim), aquele cujo sofrimento tem importância para mim e me afeta porque me faz sofrer. Por essa razão, Schopenhauer pensava que a compaixão devia ser entendida como "o recurso da moralidade". Porque a compaixão se opõe à crueldade, que é o mal propriamente dito. O mal derivado de um amar-se excessivamente a si mesmo e crer-se superior ao outro. Embora proclamemos às vezes que "todos os homens são iguais em dignidade", o que a criança percebe de imediato é a desigualdade, a discriminação e a exclusão, e não as vê como um mal, mas como algo dado, que está aí e assim deve ser.

Ensinar uma criança a ser amável é, em suma, ensiná-la a ser compassiva ou a ser sociável, algo que não se aprende tão-somente pelo simples contato com os outros. É preciso insistir que são os que sofrem e os que passam mal os que mais amabilidade necessitam porque é com relação a eles que a amabilidade é mais difícil. Um avô com demência senil, um irmão com deficiências psíquicas ou físicas podem ser excelentes motivos para exercitar a amabilidade. Mas também é preciso exercitar a amabilidade com relação ao exterior, às misérias mais distantes. Mais do que promover a tolerância, que é uma virtude bastante mesquinha, dever-se-ia promover a amabilidade.

"Não é bom que o homem esteja só", diz o Gênesis ter afirmado Deus quando criou Adão. E criou Eva para que fizesse companhia a este último. Embora a solidão radical seja contrária à humanidade, todos nós já sentimos alguma vez o atrativo da vida solitária que implica independência e afastamento de tudo o que pode incomodar. A tendência à solidão, à introversão, é muito característica da adolescência. É a amostra da "sociável insociabilidade" do ser humano, segundo a bela expressão de Kant: vivemos na permanente contradição de necessitar e amar os outros e evitá-los ou rejeitá-los porque também são incômodos. Julgamos bastar-nos a nós mesmos embora saibamos que não somos auto-suficientes. Para sair desse inevitável paradoxo, não há outra solução senão obrigar-se a ser sociável, amável, compassivo, simpático.

Adam Smith, grande defensor da simpatia como base e fundamento das relações humanas, escreveu o seguinte: "A sociedade e o diálogo são os remédios mais poderosos para restituir a tranqüilidade à mente se em algum momento, desventuradamente, ela a perdeu; e também são a melhor salvaguarda do uniforme e feliz humor que tão necessário é à satisfação interna e à alegria." Ou seja, a amabilidade é tanto um bem para os outros como para a saúde, o bem-estar e o bom humor próprios. Na realidade, não descobrimos nada que já não tenha muitos séculos. Ensinar a ser amável (digno de ser amado) é partir do pressuposto de que sem amor a vida é desumana. Santo Agostinho considerou o amor como o único imperativo moral. Eis sua proposta: "Ama e faze o que quiseres."

Respeito

O *Diccionario de la Real Academia* diz que *respeto* [respeito] significa "veneración [veneração], consideración [consideração], deferencia [deferência], acatamiento [acatamento]". Ao mesmo tempo, a palavra *respeito* adquiriu um sentido figurado que a torna equivalente a medo, receio, apreensão. A fusão dos dois grupos de significados nos dá a acepção mais corrente da palavra: venera-se alguém (respeita-se essa pessoa) porque produz medo (respeito). A evolução para esse segundo sentido é sem dúvida efeito do autoritarismo. Mas não é o mesmo ter autoridade que ser autoritário, nem ambas as coisas deveriam produzir o mesmo respeito. Uma pessoa é autoritária se é despótica e só sabe fazer-se respeitar dando ordens e gritos. Uma pessoa tem autoridade se sabe fazer-se respeitar porque mostra coerência entre o que diz e o que faz, porque é crível, porque produz confiança e dá segurança.

Respeito |

Nas sociedades estáticas e hierarquizadas recentes, as pessoas possuíam a autoridade que lhes dava o lugar que ocupavam na família ou na sociedade. O pai de família, o vigário, o médico, o professor tinham uma autoridade vinculada com sua função; recorria-se a eles em busca de ajuda e de conselho. Eram um referente para os outros porque ocupavam uma posição superior. Nossas sociedades são, felizmente, mais dinâmicas e mais democráticas, são mais amáveis, todos nos sentimos mais iguais. A contrapartida foi a perda de figuras de autoridade. Nem os políticos, nem os professores, nem os vigários, nem os médicos merecem um respeito especial por ter o título que têm. Isso é positivo e negativo ao mesmo tempo. A característica positiva é a proximidade: todos nos sentimos mais próximos do vizinho, por mais importante que seja; através dos meios de comunicação, qualquer indivíduo é acessível e conhecido. As distâncias que antes separavam o nobre do plebeu são agora muito reduzidas. A educação se universalizou, muito mais pessoas têm acesso ao saber e às informações. Por sua vez, o conhecimento se especializou, motivo pelo qual o médico ou o professor sabem só um pouco mais do que os outros de sua matéria, mas não inteiramente. Se se atrevem a opinar sobre algo que não faz parte de sua especialidade, são acusados de frívolos. Quanto ao vigário, reconhecemos muitas Igrejas e religiões diferentes, não há um só deus nem um deus verdadeiro. Tudo se relativizou.

O que se deve ensinar aos filhos

Voltemos ao respeito. Como preservá-lo? É bom procurar mantê-lo como valor na situação em que estamos? Creio que sim. Pois a democracia pode ser entendida e empregada bem ou mal, e com freqüência deslizamos para uma má concepção da democracia. A democracia é desvirtuada quando consiste simplesmente em apagar assimetrias que são não apenas necessárias como também justas. O resultado dessa confusão são o desconcerto e a falta de referentes. É evidente que numa sociedade organizada tem de haver uma distribuição do conhecimento e do trabalho porque seria absolutamente ineficiente que todos pretendêssemos fazer tudo. Se um dente nos dói, recorremos ao dentista e, se uma fechadura se quebra, procuramos o serralheiro. Nem todo o mundo vale para qualquer coisa. Essa repartição de ofícios e de saberes obriga a respeitar o que o outro faz e sabe, a confiar no profissionalismo de cada um, sempre, é claro, que as pessoas sejam capazes de demonstrá-lo. A facilidade atual de emitir opiniões publicamente graças ao grande número de meios para fazê-lo leva a que se respeite pouco o especialista, aquele que de fato entende disto ou daquilo porque lhe dedicou muitos esforços e horas de trabalho.

Dir-se-á que estou me desviando e falando de um respeito que pouca relação tem com aquele que deveria ser ensinado às crianças. Não obstante, daí, desse não reconhecimento do valor de cada um, creio advir a dificuldade de sentir e demonstrar respeito pelos outros. A família é o primeiro exemplo. Pois, por mais democráticas que sejam as relações familiares, as posições de pais, filhos e avós são basicamente desiguais e assimétricas. Os pais têm certas funções e uma responsabilidade que não são as dos filhos, e as de uns e outros são diferentes das dos avós, que, embora afastados da família tradicional, ainda conservam alguma função nas famílias atuais. A obrigação de educar, de ensinar coisas, pertence aos pais ou aos avós, não aos filhos, que só de maneira incidental ensinarão aos pais a usar o computador ou a programar o vídeo. É essa posição desigual que confere uma autoridade que não convém perder. E o modo mais eficaz de conservá-la é procurando fazer que haja respeito. Um dos mandamentos da lei de Deus – alguns dos quais não são senão a explicação do que durante muito tempo se denominou "lei natural" – diz: "Honrarás teu pai e tua mãe." Ora, por mais natural que pareça o respeito aos pais, e aos adultos por extensão, não é algo que a criança considere pressuposto nem cujo significado conheça. É necessário ensiná-lo à custa de paciência, de cuidados, de conselhos, de reprimendas, de recompensas, de carinho e do que for preciso, a fim de que a distância entre pais e filhos não se desvaneça sob uma suposta – e amiúde falsa – camaradagem.

Para isso, é importante cuidar – e não desprezar como inúteis – das várias formas que temos para expressar o respeito. Formas externas, como cumprimentar, dar passagem, não interromper, escutar. Embora as formas mudem, o importante é que existam e se mantenham, estas ou outras, é a mesma coisa. O cumprimento não é o mesmo em todas as culturas nem em todas as épocas, tal como já vimos. Até há muito pouco tempo, o tratamento informal era proibido, inclusive para falar com os próprios pais – minha mãe ainda chamou de "senhores" os seus. Hoje, todos se tratam com informalidade. Seria absurdo identificar o respeito com o "senhor". Mas, se não importa que as formas se modifiquem, o que não deixa de ter importância é que desapareçam simplesmente, porque são a expressão de respeito mais inequívoca que temos. São também a maneira mais fácil de ensinar uma criança a ter consideração pelos adultos. Deixemos de iludir-nos: só com normas, normas muito simples – "Fale bom dia"; "Agradeça"; "Peça desculpas" –, entrarão na mente infantil idéias abstratas como a do respeito. As normas criam hábitos, o costume de fazer o mesmo em situações semelhantes. Pura aparência? Hipocrisia? Um verniz exterior destituído de sentimento autêntico? Não necessariamente. Já dissemos que a aparência em sociedade é imprescindível porque acaba por criar realidade. Há respeito se há formas de respeito, embora às vezes estas sejam falsas, e o respeito não se reduz a meras formas. Insisto: manter as formas é importante porque estas constituem o único meio de ensinar uma criança a respeitar os adultos.

Tanto se nos detemos nas relações entre iguais como se pensamos em relações desiguais como as de pais e filhos, a falta de respeito tem uma mesma explicação: a ânsia igualadora e democratizadora, ou o simples descuido, a comodidade. Um valor exagerado dado à sinceridade consigo mesmo e com os outros – isso a que, equivocadamente, damos o nome de "autenticidade" – nos levou a exagerar e a querer democratizar e a igualar o que não é democratizável nem igualável. Embora a família tenha sido definida como "a menor democracia", é evidente que as decisões familiares mais importantes não podem ser tomadas mediante a soma das opiniões de uns e outros. A opinião de qualidade deve valer, porque vale a experiência e, sobretudo, vale a responsabilidade de ter filhos. Entender e aceitar essa diferença significa ter aprendido a respeitar quem o merece.

É especialmente importante insistir nesta questão, dado que os adultos não são só os pais, mas os avós e até os bisavós. Adultos que muitas vezes começam a perder suas faculdades e se tornam como crianças. Mas não são crianças. São avós a quem é preciso tratar como o que são. Alguém disse que a dignidade de uma sociedade se manifesta no modo como trata seus idosos. Esse tratamento tem início, sem dúvida, pelo que se aprende na família, o cenário em que a relação entre gerações é mais habitual.

Gratidão

Uma criança vem ao mundo para aprender mas também para receber. Tudo o que tem é um dom, foi-lhe dado por alguém, a começar pela própria vida que não pediu. Não pode ser de outra forma, dadas a sua impotência e a sua condição indefesa. Talvez por isso, uma das primeiras coisas que a criança aprende é agradecer. "Como se diz?", alfinetam-na os pais se o gesto se retarda. A fórmula do agradecimento é o primeiro passo, e um passo necessário, para que germine o sentimento da gratidão. Mas é um passo insuficiente. Embora as fórmulas e as formas devam ser preservadas, a pergunta é: basta essa fórmula rotineira para criar na criança um sentimento de gratidão mais geral e também mais profundo? Gratidão não só pelas pequenas coisas que se costumam dar aos filhos, mas pelos bens que, de maneira gratuita e sem merecê-los, expressamente se recebem.

Gratidão

A gratidão é o sentimento dos pobres, dos que nada têm e a quem tudo vem dado por graça de alguém. O mendigo que nos pede algumas moedas agradece a esmola. Mas agradecer é uma coisa; sentir-se agradecido, outra. Quando o gesto de cortesia e de boa educação aparece como um sinal de humildade, de servilismo, de rebaixamento? Acaso não tenho o que tenho porque o mereço ou porque é meu direito? Por que é preciso demonstrar agradecimento por algo? Estamos mais habituados ao discurso dos direitos e do mérito do que a qualquer outro. Sabemos que temos certas coisas porque as merecemos, não as ganhamos com nosso trabalho e nosso esforço. Já outras, temo-las porque temos direito a elas. Que razão pode haver para exigir reconhecimento pelos dons recebidos? É porque se pode chamá-los de dons? Acaso não é essa a linguagem do servo, uma linguagem passada e anacrônica?

As crianças das sociedades que denominamos avançadas crescem mamando essas idéias, que estão no ambiente, nos discursos, na opinião, na publicidade. Acostumadas a pedir sem controle e a ver satisfeitos mais caprichos do que os imprescindíveis, o lógico é que as crianças considerem que todo o mundo é como o mundo que conhecem, um mundo em que as coisas são obtidas sem muito esforço. É inevitável que seja assim: o mundo de uma criança sempre é "o mundo", até que lhe seja demonstrado o contrário. É isto precisamente

| O que se deve ensinar aos filhos

o que se deve fazer: ensinar que o dinheiro, a comida, o conforto, as viagens vêm de algum lugar e nem todos podem ver satisfeitas tantas necessidades.

A gratidão não deveria ser senão a expressão da satisfação de receber. Um filósofo tão pouco suspeito de comprazer-se com as qualidades e os hábitos que aniquilam o homem como é Spinoza entende que a gratidão é um sentimento alegre: é "a alegria acompanhada do conhecimento de sua causa". Aquele que sente agradecimento sente-o com relação a quem lhe deu algo e que é, portanto, a causa de seu prazer. Assim, a capacidade de sentir gratidão significa reconhecer algo muito importante: que não somos nós os causadores de nossas alegrias, mas que a alegria tem uma causa exterior a nós, que merece reconhecimento.

Ora, esse reconhecimento não é fácil, e menos ainda em nosso tempo. "O reconhecimento é um dever – disse Rousseau –, mas não um direito que se possa exigir." Os pais desejarão, em algum momento, ver-se merecedores da gratidão dos filhos. Mas não podem, não têm o direito de exigir-lhes essa gratidão. Porque, em tal caso, a gratidão já não seria "gratuita". Quem agradece deve fazê-lo de modo gratuito. Agradecer obrigado – que me seja permitida a redundância – não tem graça.

Esse reconhecimento que nós – todos os pais – gostaríamos de ver em nossos filhos é também fruto de uma aprendizagem longa e lenta. Uma aprendizagem que talvez consiste em não dar demasiadas coisas gratuitamente, em dar a entender que o que vale deve ser ganho e que, em mais de uma ocasião, a causa de nosso prazer não é senão a boa sorte, algo que não se ganha, nem se merece, nem é um direito; simplesmente, tem-se ou não se tem. A própria educação, por exemplo, é um bem universal, um direito fundamental reconhecido, muito embora nem todas as crianças tenham o mesmo acesso a ela. Não o têm em nossa sociedade, que é bastante igualitária. Muito menos se nos comparamos com o mundo não desenvolvido, em que mencionar o direito universal à educação é uma ofensa. Assim, a capacidade de agradecer não só mostra que se valoriza o que se tem, mas que constitui um caminho para a solidariedade com os que não têm.

Filhos/Filhas

Avançamos bastante na igualdade dos sexos e temos de avançar mais, o que não quer dizer que educar meninos ou meninas seja, no momento, a mesma coisa. Falo, neste caso, e como se costuma dizer, "pela boca de outros": só tive meninos, não pude comparar pessoalmente a diferença que sem dúvida há na educação de um e outro sexo. O que com efeito pude experimentar em meus filhos do sexo masculino é que o desvio sexista é transmitido involuntariamente, por osmose, apesar dos esforços de uma mãe mais ou menos feminista no sentido de neutralizar os componentes machistas que a sociedade tem. Por mais que desejemos mudar os costumes e as mentalidades, estas são lentíssimas em suas transformações. É por isso que o que chamamos de "coeducação" é tão difícil de realizar. Pusemos nas mesmas escolas meninos e meninas, procuramos fazer o mesmo com uns e com outras; apesar disso, os

Filhos/Filhas

comportamentos sexuados subsistem. O insulto habitual e mais ofensivo para um menino continua sendo dizer-lhe que é uma menina. E as meninas continuam querendo brincar com Barbies em lugar de divertir-se com trens ou caminhões. Que fazer para que as coisas mudem de uma vez?

Creio que a fórmula não é ensinar igual, mas ensinar diferente. Refiro-me, evidentemente, ao ensino das coisas mais costumeiras, da vida cotidiana, que é a que acaba formando a maior parte dos hábitos e dos costumes. Um dos problemas que o feminismo não resolveu é, como todas sabemos muito bem, a distribuição do trabalho doméstico. É verdade que alguma coisa melhorou na repartição das tarefas, mais do que algumas feministas superexigentes estão dispostas a reconhecer. A distribuição do trabalho mudou sobretudo por exigência das próprias mulheres, das jovens que se negam a reproduzir o modelo de *superwoman* que ostentam suas mães. Mas tem de mudar muito mais. A tarefa de cuidar dos outros – dos filhos, dos doentes, dos anciãos, da casa – continua sendo quase exclusivamente feminina, ainda que a mulher, ao mesmo tempo, tenha estudado uma ou várias carreiras, seja uma profissional competitiva e competente, tenha se tornado independente e seja muito auto-suficiente. Mesmo assim, padece a dupla jornada, fora e dentro de casa. Suas filhas vêem isso e não querem fazer o mesmo.

| O que se deve ensinar aos filhos

Não vejo outro modo de corrigir os estereótipos e os modelos antigos do que procurando ensinar de forma diferente meninos e meninas, rompendo as estruturas da realidade e a distribuição de tarefas estabelecida. São os filhos que devem ouvir a solicitação de fazer o que as meninas tendem a fazer mais naturalmente porque vêem as mães fazer. Cozinhar, passar roupas, fazer compras, o cuidado doméstico em geral têm de estar nas mãos de todos. Visto que já está, desde sempre, nas mãos das mulheres, o que se deve fazer é pô-lo nas mãos dos homens. Uma inércia da qual não temos consciência suficiente, também certa comodidade, fazem que nós, os pais – ambos! –, pensemos nas filhas como mais capazes, mais dotadas do que os filhos para todas as tarefas do cuidado doméstico. Inconscientemente, ou por comodidade, dirigimo-nos a elas e lhes exigimos mais do que a eles. Consideramos natural que se possa esperar de uma filha que cuide de nós se estamos doentes e que é uma exceção, quase uma extravagância, que o faça um filho. De onde nasce esse preconceito senão do costume? É óbvio que não há nada biológico nem genético a determiná-lo, salvo que são as mulheres as que têm filhos. Deve-se derivar da maternidade biológica que as mulheres são melhores donas-de-casa que os homens? Que relação tem uma coisa com a outra, exceto o fato de que sempre se entendeu assim?

A mudança de costumes é lentíssima, mais ainda quando a mudança prejudica cerca de 50 por cento da

Filhos/Filhas

população que vive perfeitamente servida e cuidada. Mas o bem-estar das sociedades futuras depende muito da correta resolução desse problema, e não de uma resolução ruim ou insatisfatória. Será uma resolução ruim se nossas filhas começarem a decidir não ter filhos para não suportar o peso que viram suas mães suportarem. Ou se decidirem, pelo contrário, abandonar a própria carreira ou o trabalho para poder ter filhos e cuidar deles devidamente. Só há um termo médio entre ambos os extremos: a divisão do trabalho doméstico. É evidente que nem todo o esforço deve ser pedido à família: as administrações, os políticos e os poderes privados – midiáticos, sobretudo – podem e devem ajudar no sentido de que os modelos vão mudando e as tarefas sejam divididas. Com imaginação, podem ser encontradas medidas que contribuam para isso com bastante eficácia. Porém, afinal de contas, o caldo de cultura dos modelos continua sendo a família: na linguagem que utiliza e no comportamento e relações cotidianos.

Até agora, a luta pela igualdade consistiu basicamente em conseguir que as meninas chegassem a fazer o que só os meninos tinham feito. Resta por fazer o contrário: que os meninos comecem a fazer tudo o que as meninas perceberam como um dever exclusivo delas. Se para conseguir isso foi preciso aplicar o que denominamos "discriminação positiva" a favor das mulheres, parece lógico que discriminemos também os homens

| O que se deve ensinar aos filhos

para que comecem a fazer o que ainda não entra em seus esquemas. Alguns começam a reivindicá-lo como prebenda e exigem a custódia dos filhos, por exemplo, ao ver como se dilui a função preponderante do pai. Algum motivo haverá.

Trabalho

"Amar o próprio trabalho constitui a melhor maneira de aproximar-se concretamente da felicidade na terra." A citação é do escritor italiano, torturado pelos nazistas, Primo Levi. Não é fácil amar o trabalho quando este é visto como uma condenação. Herdeiros do judeu-cristianismo, carregamos em nós a idéia do trabalho como maldição: "Ganharás o pão com o suor de teu rosto", disse Iahweh a Adão, castigando assim seu orgulho. O trabalho foi visto como um castigo, com efeito, embora esteja deixando de sê-lo quando o verdadeiro castigo é o desemprego. De todo modo, é possível ter prazer trabalhando a ponto de que trabalho e lazer sejam um contínuo difícil de distinguir. As múltiplas crises trabalhistas que estamos padecendo – desemprego, aposentadorias prematuras, precariedade, instabilidade no trabalho – afetam a própria definição do trabalho, e o sentido que o trabalho terá em nossa vida depende,

O que se deve ensinar aos filhos

em parte, de sairmos satisfatoriamente desta crise e de sabermos lidar com ela de maneira adequada. É imprescindível, pois, refletir sobre essa questão e analisar se a idéia de trabalho que estamos transmitindo a nossos filhos é a mais idônea para viver na realidade que está emergindo.

As crianças adquirem o sentido do trabalho tanto na família como na escola. Na família, porque pai e mãe trabalham e vivem o trabalho como uma opção gratificante ou como uma cruz, como algo que contribui para formar os planos de vida dos filhos, ou como algo que não passa de um empecilho para ocupar-se devidamente deles ou dedicar-se a algo mais atraente. Que a atitude seja uma ou outra depende de muitas coisas: do tipo de trabalho, da remuneração, da necessidade peremptória de trabalhar no que quer que seja, da relação conjugal ou da aceitação mútua do trabalho de ambos. Simplificando e resumindo, entretanto, poderíamos dizer que os pais transmitem aos filhos uma concepção positiva do trabalho se apreciam seu próprio trabalho e trabalham com prazer. Não poderão fazê-lo se considerarem as obrigações referentes ao trabalho como um obstáculo permanente só justificável pelo salário.

A identificação do trabalho com o salário não é uma boa coisa para inculcar amor ao trabalho. Na maioria dos casos, contudo, essa identificação é inevitável: há trabalhos que não podem ser amados por si mesmos porque não é possível descobrir outro estímulo neles do que o da remuneração que representam, por menor que seja. Por isso, insiste-se tanto na educação, como trampolim para trabalhos melhores, mais qualificados e mais satisfatórios. Será preciso ver, não obstante, se essa educação não está enfocando o trabalho, por sua vez, de um modo equivocado ao atribuir mais sentido ao dinheiro como produto do trabalho do que ao trabalho por si mesmo.

As crianças aprendem o significado do trabalho não só por meio de seus pais como também na escola. Com efeito, ali, de fato, começam a trabalhar estudando. Cabe dizer do estudo o mesmo que da atividade profissional: pode chegar a ser um prazer ou ser sempre uma tortura. Há alguma forma de promover a primeira opção e não a segunda? Contentar-nos-emos com a explicação fácil segundo a qual o apreço ao trabalho ou ao estudo depende do temperamento de cada um, havendo pessoas mais estudiosas, mais dedicadas ao trabalho e até dependentes do trabalho, os chamados *workaholics*?

Creio que é possível fomentar o prazer pelo trabalho e pelo estudo, tal como é possível formar o sentido do prazer em outros âmbitos a que me referi em outros capítulos deste livro. Isso depende, em ampla medida, do exemplo – das atitudes diante do trabalho e do estudo de pais e professores –, assim como da habilidade de uns e outros para que a criança acabe fazendo aquilo

O que se deve ensinar aos filhos

de que goste e encontre gosto naquilo que, em suma, tem de fazer por obrigação. Mas agora eu gostaria de mencionar uma série de desvios aceitos como normais e lógicos e que não contribuem para formar esse espírito para o trabalho, para o estudo e, por extensão, para o lazer, que desemboca no amor ao trabalho de que falava Primo Levi.

O primeiro desvio é conseqüência do que chamamos de "economicismo" de nosso tempo, do valor preponderante dado ao dinheiro, que leva a confundir o valor do trabalho com o êxito, entendido como êxito material e econômico. Segundo esse ponto de vista, o trabalho mais valioso e apreciável é o que rende mais dinheiro. A equiparação do valor do trabalho ao êxito tem um paralelo na importância com freqüência excessiva que damos ao rendimento escolar de nossos filhos. Fizemos do êxito a medida do valor do estudo. Êxito que pressupõe competitividade, desafio, luta para ser o primeiro, angústia, nervosismo e, afinal de contas, infelicidade. Quem é capaz de sobreviver a essa corrida? Muito poucos. A maioria não faz senão acumular frustrações.

Em ampla medida, essa corrida rumo ao êxito é inevitável. Ela é produzida pela massificação e pela própria democracia do sistema educacional. Quanto mais forem os que tiverem acesso à educação, mais competitivo será preciso ser. É lógico. Não obstante, deveríamos pensar se não estamos contribuindo para que essa competição seja mais dura ao valorizar exageradamente o rendimento escolar e as notas de nossos filhos. Levando em conta, além disso, que essas avaliações, que acabam por se traduzir em notas para entrar nesta ou naquela faculdade, dependem na maioria das vezes de costumes ou de modas, pouco explicáveis com vistas à inserção no mundo do trabalho. Isto é, mais que racionais, são inércias sem justificação suficiente.

Explico-me. Um dos *handicaps* de nosso país é não ter conseguido atribuir à formação profissional o valor que esta merece. A maioria dos pais quer que os filhos cheguem a ter um grau universitário. É um desejo muito respeitável, mas se perguntaram eles o que se fará com tantos universitários? São necessários? Haverá lugar para eles no mercado de trabalho? Temo que a única resposta seja a negativa. Além disso, muitos nem sequer poderão concluir um curso que fazem sem prazer porque seu lugar talvez fosse outro. Não apreciamos a formação profissional porque estabelecemos hierarquias inadequadas, porque confundimos os critérios do prestígio e o atribuímos tão-somente à educação superior. Por que há de ser melhor ser um mau arquiteto do que um bom marceneiro?

O amor ao trabalho dependerá de muitas circunstâncias. Mas uma delas é, sem dúvida, o haver podido ter acesso a ele de uma forma tranqüila, sem ansiedades nem esforços sobre-humanos. Equivocar-se ao es-

O que se deve ensinar aos filhos

colher uma carreira não é uma tragédia, diz a admirável Rita Levi Montalcini num delicioso livro de conselhos aos jovens. Não obstante, muitos o vivem como uma tragédia; é uma tragédia inclusive não poder ter acesso à carreira que se escolhe como primeira opção na maioria das vezes sem saber muito bem por quê. Quem abona essas tragédias? Os próprios jovens? Ou antes os pais ou os professores? Tentar romper essa equiparação do trabalho com o êxito – às vezes, repito, mal entendido, para mais infelicidade – seria um progresso rumo a uma concepção do trabalho diferente e mais apropriada aos tempos de hoje.

Há ainda outro desvio na forma de entender o trabalho. O trabalho identificado com o êxito é o trabalho remunerado, que não é em absoluto a totalidade do trabalho que é preciso fazer nesta vida. Víamos no capítulo anterior que a vida familiar obriga a um tipo de trabalho, que não é nem deve ser visto como um emprego, e que deve ser dividido tal como os empregos remunerados. O trabalho da dona-de-casa não é desejado por ninguém, mas é um trabalho inevitável se se pensa na necessidade da sobrevivência da família, seja qual for sua estrutura. As tarefas do lar – ou do cuidado doméstico, como se diz a partir do feminismo – se inserem num trabalho que se define por sua gratuidade: é preciso fazê-lo sem remuneração, sem esperar em troca nada senão a satisfação de tê-lo feito. É como o trabalho voluntário numa ONG [Organização Não-Governamental], com a diferença de que uma pessoa se compromete com uma ONG por prazer, enquanto a vida em família – os filhos, pelo menos – não foi escolhida. De todo modo, a identificação do trabalho reconhecido como tal com o trabalho remunerado é um erro, sendo necessário corrigi-la. Por sentido de cooperação, mas também por conveniência própria. Quando a vida se alonga, assume ainda mais importância o conselho de Montaigne de procurar fazer que as ações cheguem a valer por si mesmas: "Passeio tendo por objetivo passear... Quando danço, danço; quando durmo, durmo... Alejandro dizia que o fim de seu trabalho era trabalhar."

Televisão

Se você é um pai ou uma mãe que sabe o tempo que seu filho gasta vendo televisão e procura segui-lo e controlá-lo, a leitura deste capítulo não lhe é necessária. Creio que o maior prejuízo que a televisão causa à infância não procede tanto do que as crianças vêem, mas do que deixam de fazer vendo só uma televisão insossa e estúpida. Em nossa época, não temos outro remédio senão contar com a televisão e considerá-la um dado, não demonizá-la simplesmente nem atribuir-lhe todos os males que afligem nossos filhos: não fazer os deveres, não gostar de ler, descobrir o sexo cedo demais, a violência, a miserável perda de tempo e de sono suficiente. A televisão tem, como tudo, aspectos positivos e negativos. Saber aproveitar seus benefícios e descartar os malefícios é uma habilidade que as crianças não possuem; também é preciso que lhes seja ensinada.

Ao contrário do que querem crer muitos profissionais do meio televisivo, julgo difícil reconhecer que esta influi no desenvolvimento da infância. Para o bem e para o mal. É certo que nossos filhos não vêem a televisão como a vemos nós, que tivemos uma infância sem televisão. Para eles, é algo tão normal quanto a geladeira ou a máquina de lavar roupas, que também não foram habituais em nossa meninice. Por conseguinte, ampliar em demasia o poder de algo que já não surpreende e atribuir-lhe todas as misérias de nosso mundo é uma tolice e um exagero. Mas também o é minimizar sua capacidade formadora ou deformadora. As crianças – há estatísticas que o confirmam – passam horas demais vendo televisão, e vendo certos programas que vão da trivialidade ao mau gosto, quando não caem no decididamente desaconselhável. Ao mesmo tempo, a televisão é o melhor recurso para os pais oprimidos pela falta de tempo e pelo excesso de trabalho. Que fazer? Como dosá-la? Com que critério?

A opção mais sensata não é, por certo, a proibição. Foi a decisão que tomaram os pais mais progressistas quando a televisão era uma novidade. Eles quiseram fazer dos filhos crianças antitelevisivas não claudicando diante da peremptória necessidade de ter um aparelho de televisão em casa. Nem é preciso dizer que ninguém conseguiu que o próprio filho deixasse de ver nenhum programa. A proibição só é um estímulo para desejar mais o proibido. Ora, a alternativa a não proibir não é permitir tudo, mas permitir dentro de uma or-

O que se deve ensinar aos filhos

dem. Se se vigia a alimentação de uma criança, se se vigiam as amizades, os estudos, as diversões, por que não vigiar também o tempo que essa mesma criança dedica à televisão?

O atrativo da televisão, a maneira de vê-la e de fazer uso de seus programas é diferente em cada criança, tal como pude comprovar em cada um de meus três filhos. Daniel, o primogênito, via a televisão como se fosse um circo que revelava nele uma curiosa vocação histriônica: quis ser palhaço com os palhaços da televisão, apresentador do *Un, dos, tres**, e seguir os passos de Félix Rodríguez de la Fuente**. Guillermo, o filho do meio, foi o típico dependente de televisão que não perdia um programa, o que não o impedia de ser, ao mesmo tempo e desde muito pequeno, um excelente e voraz leitor de livros. Quanto a Félix, o caçula, prescindia da televisão e só assistia a ela como último recurso para entreter-se, quando não tinha oportunidade de fazer algo melhor ou mais divertido. Em resumo, o próprio ambiente, os próprios conselhos e os próprios costumes afetam de modo distinto cada criança. E o que, objetivamente, pode parecer demasiado tele – o caso de Guillermo – pode não ser empecilho para a leitura, a bicicleta ou os amigos. Isso não significa em absoluto que se tenha de

---
* Programa infantil espanhol.
** Divulgador científico do campo da ecologia. (N. da T.)

cruzar os braços e esperar para ver o que acontece. A televisão pode ser inofensiva ou um problema. E é necessário evitar que seja um problema. Como?

    Dois autores de sucesso, que escreveram sobre televisão, em minha opinião acertam em cheio sobre os principais perigos do meio televisivo. Um é Giovanni Sartori, autor de um excelente livrinho intitulado *Homo videns*. Nele, longe de analisar os conteúdos violentos ou sexistas tão vituperados pelos que se erigem em protetores universais da infância, o autor se fixa em algo que me parece muito mais importante nos hábitos criados por isso que denominamos "a cultura da imagem", que é a cultura audiovisual. Pois, com efeito, a imagem serve para certas coisas, mas não para tudo. Por exemplo, não serve para ensinar a raciocinar. Para isso, é melhor recorrer à leitura. As idéias abstratas – a pobreza, a paz, a liberdade – podem ser representadas por uma imagem, mas a imagem sempre as simplifica. Um livro pode dizer muito mais. A televisão, portanto, que utiliza sobretudo a imagem, é insuficiente para muitos propósitos. Se quisermos crianças que aprendam a pensar, a argumentar e a raciocinar, teremos de fomentar nelas outros gostos e não apenas o de ver televisão. A linguagem da imagem é muito diferente da linguagem discursiva: nem melhor, nem pior, diferente; serve para o que serve. E ambas as linguagens devem ter seu lugar na mente de uma criança.

O que se deve ensinar aos filhos

O outro autor, Neil Postmann – natural dos Estados Unidos –, no livro *Divertirse hasta morir** lamenta o que chama o desaparecimento da infância por obra da televisão. Pois as crianças de nosso tempo recebem informações em demasia – más informações, além disso – em muito poucos anos, tomam conhecimento de coisas demais, e não no momento adequado, mas todas de uma vez. Onde está a magia do desconhecimento, da surpresa, do tentar descobrir por si mesmo os mistérios e sanar os enganos? A superproteção da infância, tão característica de nosso tempo e à qual me referi com insistência, entra em confronto com o paradoxo de uma infância que não tarda a perder a inocência. A adolescência é cada vez mais prematura. O que incita a curiosidade quando tudo está à mostra?

É nesse ponto que os pais podem fazer alguma coisa. Ver televisão requer uma aprendizagem, como quase tudo. É preciso aprender a decodificar as mensagens, a distinguir o proveitoso do inútil, a formar um critério para si. A televisão deve ser vista em companhia de outra(s) pessoa(s), ao menos de vez em quando. Não nos surpreende que uma criança demore anos para aprender a comer com adequação e a dormir na devida hora. Em contrapartida, pensamos que não se deve agir sobre

---

* O título do livro só aparece em sua tradução para o espanhol. (N. da T.)

o telespectador passivo que qualquer criança tende a ser. É possível que esta última trivialize a televisão mais do que pensamos. Mesmo assim, abandoná-la à televisão como quem a deixa na creche é insensato. Não só porque nem todos os conteúdos são convenientes nem compreensíveis para qualquer idade, mas também porque o tempo da televisão tem de ser avaliado e racionalizado.

Dizem os especialistas – eu não o sou – que as crianças têm pouca dificuldade de começar a distinguir a realidade da ficção. O que já se torna mais difícil é que aprendam a distinguir, se ninguém lhes ensina, a publicidade da informação e a informação boa da má. Nós, adultos, sabemos que um comercial não informa sobre a excelência de um produto, mas acerca de sua simples existência, mas uma criança não pode distingui-lo. Os publicitários contam com isso e procuram agir sobre o caráter indefeso infantil e sobre o poder consumista das crianças. Cada vez mais, os anunciantes dedicam campanhas às crianças como meio para estimular o poder aquisitivo dos pais. Além dos brinquedos, dos chocolates e cereais, as crianças são decisivas no momento de escolher o carro, o computador ou o lugar onde passar as férias. Parece que esse fenômeno está ocorrendo nos Estados Unidos e, se é assim, não tardará a chegar a nós se não soubermos impedi-lo. A televisão é uma janela para o mundo, e o mundo tem muitas imperfeições que não vamos corrigir; mas pelo menos podemos ensinar a vê-las como o que são, imperfeições.

Liberdade

Uma das primeiras coisas que, como dissemos, são aprendidas pela criança é dizer "Não!" É o grito de liberdade diante da angústia e da repressão das regras e das normas, dos horários e das limitações – "Isto não se faz!"; "Nisto não se mexe!"; "Não se pode andar por aí!"; "Fique quieto!" – que restringem a criança. Não se pode viver com outras pessoas sem normas comuns. Mas há uma atitude infantil diante das normas e uma atitude madura e adulta diante delas. A finalidade das normas é o autodomínio, o fato de que as normas sejam interiorizadas e seja o próprio sujeito quem as imponha a si mesmo. Damos a isso o nome de "liberdade", que não é a ausência de normas, mas a aceitação autônoma, livre, do que se deve fazer. Dizia Montesquieu: "O homem, enquanto ser físico, é governado por leis invariáveis. Enquanto ser inteligente, viola sem cessar as leis que Deus estabeleceu e muda aquelas que estabelece ele mesmo."

Entretanto, não é assim que se costuma entender a liberdade. Menos ainda em nossa época, habituados como estamos a ver na liberdade o direito mais intocável e indiscutível. Identificamos a liberdade com a possibilidade de se fazer o que se quer ou o que se pensa, com a ausência de normas. E a liberdade não é exatamente isso. Para entendê-la e, sobretudo, para poder ensinar alguém a ser livre, é preciso partir do pressuposto de que a liberdade não se acha em oposição às normas, relacionando-se elas, na verdade, de um modo especial. Não é fácil, mas tentarei explicar isso.

A criança – vimos dizendo-o em nosso percurso – nasce sem saber quase nada, tampouco a forma adequada e conveniente de fazer cada coisa. A vida em sociedade – seja essa sociedade a família, a escola, o grupo de amigos ou o bairro – também precisa de organização, que se plasma em contratos e regras que indicam seu cumprimento. "A liberdade de uns começa onde acaba a liberdade dos outros", dizemos nós, os filósofos, desde que Kant o disse pela primeira vez. Essa frase lapidar significa que, efetivamente, somos livres, mas não para fazer sempre e em cada momento aquilo por que ansiamos e nutrimos desejo. Não podemos pôr um rojão na churrasqueira do vizinho quando sua fumaça entra em nossa casa, nem ultrapassar os semáforos vermelhos porque estamos apressados, nem defender com um revólver na mão nossas idéias. Se isso ocorresse, os mais

| O que se deve ensinar aos filhos

fortes e poderosos teriam, com efeito, toda a liberdade do mundo, mas à custa da liberdade do resto das pessoas. A sociedade seria o cenário "dessa guerra de todos contra todos" na qual pensou Hobbes precisamente para justificar a necessidade das leis e do Estado.

Em resumo: a convivência exige viver organizadamente. A criança começa a perceber que é assim com a socialização – escolar. Em casa, a tolerância é maior, mas na escola as coisas mudam. Há mais crianças, e o peso das normas tem de receber maior consideração. Por isso, algumas crianças se tornam agressivas quando começam a ir à escola. Elas defendem o que pensavam ser seu território exclusivo. Os primeiros anos da vida de uma criança estão repletos de normas. Estas são necessárias não só para que haja ordem, mas para que a criança se sinta segura entre os outros, para que saiba a que ater-se. Mas chegará um momento em que as normas irão desaparecendo de sua vida. Poderá começar a sair de casa sozinha, a voltar mais tarde, terá de organizar sozinha os estudos, disporá de algum dinheiro. Isso quer dizer que as normas se acabaram? Nada disso: quer dizer que se interiorizaram as normas de que se necessita e que a criança aplica quando julga necessárias. A criança se transformou num ser "autônomo", que é algo mais que um ser livre. Um ser autônomo é o que se dá a si mesmo a lei ou as normas. Aquilo que dizia Montesquieu acerca do que faz o ser humano com as leis que são variáveis e mutáveis. Ele as muda, mas não vive sem leis.

Já há algum tempo a nova pedagogia tornou seu com entusiasmo o *slogan* "educar para a liberdade". Qual seu significado? É possível educar, dirigir e, ao mesmo tempo, dar liberdade? É possível se há um bom entendimento. Se se entende que "educar na liberdade" não é abandonar a criança para que descubra o que simplesmente possa. Educar sempre é ensinar coisas, e ensiná-las de modo que a criança as torne suas ao ponto de ir precisando menos da coação da norma.

É necessário aprender a ser livre, porque a liberdade não consiste em dizer sistematicamente não a tudo, nem em transgredir qualquer norma pelo simples fato de sê-lo. Essa é, em todo caso, a liberdade da criança pequena. O adulto moral distingue entre o "não" que é afirmação de si mesmo e rejeição de uma realidade indigna de mostrar-se complacente consigo, e o "não" que é puro capricho ou frivolidade. Segundo Spinoza, filósofo que citamos com freqüência, o homem livre se distingue do escravo pelo seguinte: o escravo é aquele que se deixa guiar pelos afetos e pelas opiniões, enquanto o homem livre se guia pela razão. Já me referi em outra passagem ao "ter o uso da razão" como sinal do início da maturidade: saber usar a própria razão é saber ser livre.

Os pais de hoje têm de superar duas tentações que não ajudam a transmitir essa idéia de liberdade. Em pri-

| O que se deve ensinar aos filhos

meiro lugar, têm de evitar que a ânsia de proteger os filhos limite indevidamente a capacidade destes de aprender a tomar decisões e de fazer as coisas por sua conta. No mundo desenvolvido e nas sociedades em que se vive medianamente bem, os pais podem crescentemente oferecer mais oportunidades aos filhos. A economia de mercado, por seu turno, incita a consumir de forma desmesurada. No âmbito deste mundo transbordante de ofertas, desenvolvem-se mal o esforço pessoal e o sentido da responsabilidade. Uma criança cresce julgando que tudo lhe deve ser dado gratuitamente e que tudo tem de estar ao alcance da mão, quando o ser livre e autônomo é o que será capaz de responder – ele, não seus pais ou seus professores – pelo resultado de seus atos.

A outra tentação de nosso tempo é confundir a liberdade com o "vale tudo". Estamos emergindo de épocas autoritárias, que recordamos e sentimos como muito próximas. Nossos pais, de modo geral, nos permitiam fazer poucas coisas. E, se eram mais tolerantes, não o era a sociedade, que tinha como desvio certo número de comportamentos. A decência, a modéstia, o decoro, para as mulheres, atendiam a critérios inequívocos. Os filmes eram "próprios", "não próprios" ou "altamente perigosos" para a alma daqueles que se atreviam a vê-los. Era proibida às mulheres a entrada na igreja se não se cobrissem com um véu, se usassem calças compridas ou uma roupa com decote. As proibições eram diáfanas e havia muitas. Hoje é diferente. Livramo-nos e libertamo-nos de repressões anacrônicas. Mas a mudança foi rápida, surpreendeu-nos um tanto desprevenidos e fomos levados a ações impensadas. O que devia ser liberdade acabou por assemelhar-se mais ao simples deixar fazer.

Um capítulo importante da liberdade e da confusão desta com o deixar fazer é o inevitável tabu da educação sexual. As tentativas de encaminhar esse aspecto da educação costumam cair em dois extremos opostos e igualmente equivocados. Um deles consiste em revestir a tarefa de informar ou formar sexualmente os filhos de uma solenidade especial. É o pai – ou a mãe – que se investe da autoridade que o caso requer e decide um dia explicar ao filho o que é e em que consiste o assunto do sexo. O mais provável, tendo em vista o tempo presente, é que o filho já esteja suficientemente inteirado e que as explicações paternas cheguem indevidamente atrasadas, pois os jovens sempre sabem mais do que sabiam seus pais em sua idade. O outro extremo errôneo é trivializar a questão considerando-a tão natural que não merece nenhum comentário. O ideal seria que o sexo não fosse senão um tema a mais, tema do qual se fala como se fala de qualquer outra coisa numa família. O problema é que ele não o é nem talvez nunca chegue a sê-lo. De questão oculta e misteriosa, o sexo passou a estar onipresente, mas continua a ser

O que se deve ensinar aos filhos

uma questão difícil, talvez porque não possa nem deva perder todo o seu mistério. Apesar das mudanças, o pudor existente em pais e filhos se mantém. A cumplicidade e a confiança absoluta não ocorrerão nunca, porque a sexualidade é um dos aspectos mais íntimos da pessoa e, além disso, o sujeito deseja aprender essas coisas por si mesmo. Por essa razão, procurar encontrar o termo médio entre solenizar e trivializar o assunto, dando o acompanhamento adequado sempre que necessário, talvez seja a única forma de abordá-lo. A habilidade dos pais deverá consistir em proporcionar aos filhos toda a informação de que precisam para poder comportar-se com critério e responder pelo que fazem.

Kant propôs um exemplo para explicar sua concepção de liberdade que deve ser também a nossa. Quando voa, a pomba pensa que, se não houvesse ar que exercesse pressão sobre suas asas, poderia voar melhor. A pomba, não obstante, se equivoca, pois sem ar não poderia voar. A liberdade, com efeito, não é um absoluto, não poderia dar-se se carecêssemos de restrições, que são as que a tornam possível.

Obediência

Se as normas são tão importantes para a nossa vida, parece inevitável voltar a insistir no valor da obediência. Voltar a insistir, digo, porque há duas palavras que excluímos da educação progressista. Uma é a obediência, e a outra, a disciplina. Uma contradição inexplicável? Se é preciso ensinar normas, por que a obediência e a disciplina nos parecem anacrônicas, visto que é por elas que se começa a inculcar as normas?

Eu diria, contudo, que a obediência não é uma virtude. Não conheço nenhum filósofo nem pedagogo minimamente lúcido que a tenha enaltecido como um valor em si. Louvar a obediência sem especificar o que é aquilo a que se deve obedecer – inclusive a quem se deve obedecer – é o mesmo que elogiar a submissão ou o submetimento. O objetivo da educação não deve ser fazer indivíduos obedientes, submissos, disciplinados, complacentes ou dóceis. Outra coisa é entender o valor instru-

| O que se deve ensinar aos filhos

mental que sem dúvida têm a obediência e a disciplina como a maneira de ensinar a criança a autocontrolar-se.

Não há processo de aprendizagem sem regularidades. Algo aparentemente tão simples, e no fundo tão complicado, como aprender a falar não é senão aprender certo número de normas. Tal como ao personagem de Molière, à criança lhe ocorre que "fala em prosa sem sabê-lo": pode falar perfeitamente sem conhecer as regras da gramática ou da boa expressão. Não as conhece, mas as sabe, sabe usá-las. Ao aprender a falar, tornou suas ao mesmo tempo as regras que lhe permitem usar corretamente a linguagem. Ora, isso ocorre com o comportamento em geral, embora haja normas que aprendemos sem praticamente perceber, sem esforço aparente e sem que nos importe submeter-nos a elas, enquanto outras resistem a nós. Aprender a dirigir um carro, por exemplo, pressupõe seguir algumas regras, uma mecânica ou uma forma de agir: soltar o freio de mão, desembrear, pôr em primeira marcha, acelerar, mudar de marcha. Se não se procede como é devido, o carro não se move ou pára. Ninguém – e menos ainda um leigo na matéria – nem sequer pensa em questionar a técnica pela qual um veículo se move. Mas outras normas, as do código de circulação, já são outra coisa. Conhecê-las é igualmente imprescindível para obter a permissão de dirigir. É um dever cívico respeitá-las. Não obstante, é possível transgredi-las, e inclusive é possível transgredi-las e

Obediência

nada acontecer. Aí reside a diferença. Todas as normas são convencionais, tudo poderia ser feito de outra forma, mas algumas normas nos parecem mais convencionais do que outras. Inclusive mais arbitrárias, menos necessárias. A tentação de não respeitá-las é maior.

A criança não tarda a perceber essa diferença. Os "por quê?" da criança são mais lógicos à medida que ela cresce. Deixa de perguntar por que o sol nasce a cada manhã ou por que o fogo queima. Percebe que há fenômenos ou comportamentos que exigem "razões" e outros não. Distingue as normas questionáveis das que não podem sê-lo.

Essas normas que suscitam um "por quê?" razoável têm um problema fundamental sobre o qual os filósofos muito ponderaram: são normas que não motivam a seu cumprimento. Ah, a motivação, palavra mágica! Que diríamos hoje da educação se não pudéssemos falar da motivação? Motivar a infância, a grande questão! As normas, os deveres, as obrigações não se transformam por si mesmos em motivos para agir. Em primeiro lugar, porque há uma resistência quase natural, inata, a questionar tudo e a transgredir as ordens. Em segundo, porque, efetivamente, o não-cumprimento nem sempre implica uma penalização. "Não faço o bem que quero mas o mal que aborreço", lamentava São Paulo. Sabemos que é preciso fazer isto ou aquilo, mas preferimos deixar de fazê-lo ou fazer o contrário. A criança sabe que chegou a

O que se deve ensinar aos filhos

hora de deitar-se, de deixar de ver televisão, de fazer os deveres ou de sair da piscina, mas não quer fazê-lo. A norma não basta como motivação do comportamento.

Por esse motivo, é preciso obrigar e é preciso exigir que a criança obedeça. Por esse motivo, é necessária a disciplina, para que aquilo que, em princípio, custava um grande esforço, acabe sendo um costume relativamente fácil. As normas são coativas, que podemos fazer? A coação é o princípio do costume, da cooperação e até da autonomia. Sem coação, não se fortalece a vontade.

É preciso ver a obediência como um nível superável. Permanecer na obediência é um sinal de imaturidade. Preferimos os jovens rebeldes e não submissos aos dóceis. Mas a boa rebeldia consiste na criação de normas e de critérios próprios. Os *okupas** que se instalam em casarões abandonados se rebelam contra a lei estabelecida para pôr em prática suas próprias leis. Caso contrário, não poderiam montar essa espécie de comuna na qual se dispõem a viver. Os pais progressistas decidiram não furar as orelhas das filhas e deixar a elas a decisão de usar ou não brincos. Elas, por sua vez, decidem submeter-se ao suplício do *piercing*. Mas a decisão é livre!

Não, pois, a obediência por si mesma, mas como meio para aprender a ser pontual, educado, estudioso, trabalhador. O que antes foi imposto depois será li-

---
* Invasores de domicílios. (N. da T.)

vremente escolhido. Usamos em catalão um termo para "obedecer" que expressa melhor essa passagem da pura submissão à autonomia. Para dizer "esta criança é desobediente", dizemos *"aquest nen no creu"* (esta criança não crê). Crer, em lugar de obedecer, porque a criança desobediente é a que não está convencida, não crê no que lhe é dito, e por isso não o faz. Basta crer – e não que se ordene a alguém – para agir em consonância com o desejado.

Por isso é tão absurdo que rejeitemos as normas ou a obediência porque "não motivam", pretendendo substituí-las por outra coisa, por algo mais amável para a criança. Motivar não é eliminar o esforço, o aborrecimento, a rotina, o sofrimento. Motivar é ensinar que o esforço vale a pena, embora pareça contraditório. Estudar merece o esforço e o sofrimento que custa, o mesmo acontecendo com dominar um esporte ou ser especialista em informática. Se camuflamos o estudo sob a aparência de brinquedo, a criança nunca aprenderá a estudar: só aprenderá a brincar. Outrora, em épocas mais autoritárias que a nossa, as faltas de obediência eram irremediavelmente seguidas por castigos – físicos em muitos casos. O fato de o castigo parecer impróprio ou inadequado não implica desaconselhar o cumprimento das normas, mas antes imaginar outros meios que sirvam para inculcar os deveres e as obrigações.

Exemplo e tempo

Adverti no prólogo a este livro que não daria soluções nem fórmulas, que não me aventuraria pelos impossíveis meandros do "como se faz", que, eu o sei, é a pergunta que mais preocupa os pais, mas que deve ser resolvida pessoalmente e caso por caso. Do contrário, onde se situariam nossa criatividade e nossa imaginação? Aplicar a lei ao caso particular não é fácil – os bons juízes e os bons médicos o sabem muito bem –, mas é isso o que se exige de nós como seres livres.

Não posso nem me parece apropriado reduzir a educação a algumas receitas, mas devo assinalar, com efeito, duas idéias fundamentais para a educação dos filhos. São *o exemplo* e *o tempo*. Dar o exemplo é a melhor forma de ensinar, e aos filhos é preciso dedicar, sobretudo, tempo.

Que ensinar com o exemplo é o primeiro princípio de qualquer educador é algo tão conhecido e repetido que é ocioso convencer.alguém disso. Tão importante é o comportamento que vemos nos outros que a seu lado empalidecem todos os discursos, por mais brilhantes e convincentes que sejam. Rousseau o diz com muita clareza em *A nova Heloísa*: "Não busquemos nos livros princípios e regras que certamente encontraremos com mais adequação no interior de nós. Abandonemos todas as vãs disputas dos filósofos sobre a felicidade e a virtude; dediquemos a ser bons e felizes o tempo que eles perdem em perguntar-se como se deve ser e proponhamo-nos, mais que inúteis sistemas a seguir, grandes exemplos a imitar."

Ensinar com o exemplo significa, é claro, cumprir o que se diz, não apegar-se à "lei do funil"*, que vale para todos menos para mim. Há pais estridentes que julgam que a autoridade consiste em dar gritos, suscitando com isso a única conseqüência de que seus filhos aprendam a gritar como eles. Minha experiência, não só de mãe como de professora de muitos anos, me diz que o que os filhos e os alunos conservam de seus professores e pais não são tanto os conteúdos como as formas: a maneira de fazer as coisas, o estilo, o gesto. A tarefa de educar exige uma auto-educação permanente.

Os pais se lamentam com freqüência da falta de modelos para os jovens. A que se referem? Ao fato de já

---

* "Ley del embudo": lei aplicada com desigualdade, estritamente para uns, de modo amplo para outros. (N. da T.)

O que se deve ensinar aos filhos

não existirem as leituras e os contos edificantes, de "crianças santas", de nossa infância? Os modelos mais próximos e mais críveis para os filhos são, não tenho dúvidas, seu pai e sua mãe. Para o bem e para o mal. Com suas qualidades e seus defeitos e fraquezas. Mostrá-los sem vergonha, expor-se ao julgamento muitas vezes inclemente dos filhos, é dar-lhes a oportunidade de fomentar tanto a imitação como o desejo de melhorar o que em nós não podem ver senão como defeituoso. O clima familiar tem mais importância para a formação da criança do que tudo o que lhe possa ser ensinado fora dele. Daí que a escola única ou a educação para todos não chegue a ter os resultados buscados. A criança mama na família muitas coisas: o afeto, a disponibilidade, o sentido do dever, a paciência. E, é evidente, a cultura, que lhe será transmitida mais detidamente na escola.

É provável que as crianças de famílias menos favorecidas em termos econômicos tenham em casa modelos de virtudes que o bem-estar e o dinheiro preferem ignorar. A generosidade e o respeito, por exemplo, são mal cultivados entre as classes mais acomodadas e zelosas de seus privilégios. Enche-nos hoje a boca enaltecer as diferenças e a riqueza que supõe a diversidade para todos. Ao mesmo tempo, assistimos impassíveis à formação de guetos que separam os pobres dos ricos, os autóctones dos estrangeiros, certas culturas de outras. É um sintoma de que cremos no valor do exemplo e da mimese, mas escolhemos, com critérios amiúde equivocados, a cultura a imitar. Sem dúvida, o aspecto mais positivo da escola pública é a possibilidade que oferece de misturar as crianças e superar as discriminações. Mas é preciso ver como é difícil acertar no que deve ser essa escola para todos, bem como impulsioná-la!

Por fim, as aprendizagens são lentas, lentíssimas, e exigem tempo. Tempo e paciência infinita. Mas não convém, neste ponto, criar culpabilidades injustificadas. As mulheres que foram treinadas durante séculos para ser mães e educadoras abandonaram, de certo modo, essa função, a fim de ser mais livres e viver a própria vida. E se sentem culpadas por isso. Sentem-se mais culpadas do que os homens, que nunca se viram a si mesmos como pais e educadores. As crianças, com efeito, precisam de tempo, mas de um tempo dividido. Convém insistir nisso porque, como eu disse há pouco, a criação e formação dos filhos é um ato criativo. São muitas as mãos, as vozes, são muitos os olhares que intervêm nesse processo. Mas há os supervisores máximos, que são o pai e a mãe.

As mães de hoje se sentem mais culpadas por não atender aos filhos do que as de qualquer outra época, não só porque têm de exercer a função de mãe concomitantemente com outras funções, mas porque entendem a dedicação aos filhos de acordo com os cânones tradicionais que já são anacrônicos. Dedicar tempo aos

O que se deve ensinar aos filhos

filhos não é permanecer em casa com eles, nem sequer estar em casa quando voltam da escola. É ter consciência de que falar com eles, escutá-los, ver televisão com eles são tarefas nas quais os pais são insubstituíveis. Há "serviços" que não são comercializáveis, como estamos fartos de repetir a propósito da educação ou da saúde; o jogo da oferta e da procura característica do mercado não serve para atender às necessidades mais básicas. Apliquemos essa mesma idéia à formação dos filhos. O mercado, contratar professores particulares, babás, enfermeiras constituem uma ajuda, mas não substituem os pais. Às vezes, as crianças de famílias com escasso poder aquisitivo têm mais sorte nesse aspecto do que as que podem caminhar pela vida sem pagar pedágios demais.

Para saber mais

Antologia e leituras

JOHN LOCKE
Pensamientos sobre la educación [Pensamentos sobre a educação]

"Depois de ter considerado como é poderosa a ação da sociedade e como estamos dispostos, sobretudo quando crianças, a imitar os outros homens, tomo a liberdade de fazer aos pais uma indicação: para conseguir de seus filhos o respeito com relação a si e às suas ordens, deve ele mesmo professar uma grande reverência pelo filho... Não façam diante dele o que não desejam que faça ele por imitação."

"Quando um pai suspeitar que seu filho é uma natureza indolente, deverá observar com atenção para reconhecer se não é distraído e indiferente em todas as suas ações, ou se, pelo contrário, só se mostra lento e preguiçoso em algumas dessas ocupações, permanecendo

O que se deve ensinar aos filhos

enérgico e entusiasmado em todas as outras. Porque, mesmo no caso de vermos que se distrai de seus livros e se esquece de fazer algo durante boa parte do tempo que permanece no quarto ou na sala de trabalho, não devemos deduzir de imediato que o faz por ser uma natureza distraída."

"A qualidade que em terceiro lugar convém a um cavalheiro é a boa educação. Há duas maneiras de ser mal-educado: a primeira tem por efeito uma tola timidez; a segunda se manifesta pela falta de reserva, por um defeito estranho de respeito com relação aos outros. Evitar-se-ão estes dois defeitos mediante a prática constante da seguinte regra: não ter má opinião nem de si mesmo nem dos outros."

JEAN-JACQUES ROUSSEAU
Emilio o de la educación [Emílio ou Da educação*]

"Volto à conversação visto ter deixado de dizer que nada deve conseguir nosso filho porque o peça, mas porque o necessite, e que não deve fazer nada por obediência, mas por necessidade; de forma que os vocábulos obedecer e mandar sejam proscritos de seu dicionário, e mais ainda os de obrigação e dever, mas os de for-

---
* Trad. bras. Martins Fontes, São Paulo, 2ª ed., 1999.

ça, necessidade, impotência e precisão devem ocupar um importante lugar."

"A única lição de moral que convém à infância... é a de não prejudicar ninguém. O próprio preceito de fazer o bem, se não está subordinado ao outro, é perigoso, é falso."

JEAN-JACQUES ROUSSEAU
La nueva Eloísa [A nova Heloísa]

"Sempre acreditei que o bom não era senão o belo em ação, que um dependia intimamente do outro, e que ambos tinham uma raiz comum na natureza bem ordenada. Daí se segue que o gosto se aperfeiçoa pelos mesmos meios da sabedoria e que uma alma adornada com os encantos da virtude deve proporcionalmente ser sensível a todos os outros gêneros de beleza."

"Que devemos pensar desta educação bárbara, que sacrifica o presente a um futuro incerto, que agrilhoa uma criança com cadeias de todo tipo, e começa por torná-la miserável, por preparar-lhe para o amanhã não sei que suposta felicidade da qual seguramente não gozará jamais?"

"A natureza quer que as crianças sejam crianças antes que homens. Se quisermos perverter essa ordem, produziremos frutos precoces, que não estarão maduros nem terão sabor e não tardarão a apodrecer; teremos jovens doutores e crianças velhas."

"Atrever-me-ei a dizer aqui a regra mais importante, a maior, mais útil de toda educação? Não consiste em ganhar tempo mas em perdê-lo."

"Tomai o caminho oposto com vosso aluno: que ele creia sempre que é o professor, sendo-o sempre vós. Não há sujeição mais perfeita do que aquela que conserva a aparência de liberdade; assim se cativa a própria vontade."

"Não ensineis à criança nada que não possa ver. Posto que a humanidade lhe é quase estranha, ao não poder elevá-la à categoria de homem, rebaixai o homem à categoria de criança. Quando pensardes no que possa ser-lhe útil em outro momento, não lhe faleis senão daquilo de cuja utilidade possa entender."

"Vejo que o céu recompensa a virtude das mães com a boa natureza dos filhos; mas essa boa natureza deve ser cultivada. É a partir do nascimento que a educação deve começar. Há época mais idônea para formá-los do que aquela em que ainda nada têm que se possa destruir? Se os abandonais a si mesmos desde a infância, em que idade esperais que sejam dóceis?"

Para saber mais

"Induzidos desde o nascimento pela frouxidão com que foram criados, pelos olhares que todos lhes dispensam, pela facilidade de obter tudo o que desejam, de pensar que tudo deve ceder a suas fantasias, os jovens entram no mundo com uma impertinência derivada do preconceito, e com freqüência não se corrigem senão à custa de humilhações, afrontas e coisas desagradáveis."

IMMANUEL KANT
Pedagogía [Pedagogia]

"No que se refere à educação do espírito, que, de certo modo, também pode ser denominada física, deve-se cuidar antes de tudo para que a disciplina não escravize a criança; esta deve, pelo contrário, sentir sempre sua liberdade, de tal modo que não impeça a do outro, fato que a levará a encontrar resistência. Muitos pais recusam tudo aos filhos para exercitar a paciência destes, exigindo-lhes muito mais do que de si mesmos: isso é cruel."

"Na cultura moral, deve-se inculcar sem demora nas crianças o conceito do que é bom ou mau. Se se deseja fundamentar a moralidade, não se deve castigar. A moralidade é algo tão santo e tão sublime que não pode ser rebaixado e posto à mesma altura da disciplina. Os primeiros esforços da educação moral são para fundar um caráter. Consiste este na facilidade de agir por máximas. No princípio, são as máximas da escola e depois as da humanidade."

"A obediência do jovem é diferente da obediência da criança. Consiste na submissão às regras do dever. Fazer algo por dever é obedecer à razão. É um trabalho inútil falar à criança do dever; ela acaba por vê-lo como algo cuja infração provoca a palmatória. A criança poderia ser guiada por seus meros instintos; mas, à medida que cresce, é preciso dar-lhe o conceito do dever."

"O homem é por natureza, moralmente, bom ou mau? Nenhuma das duas coisas, pois não é por natureza um ser moral; só o será quando elevar sua razão aos conceitos do dever e da lei. Entretanto, pode-se dizer que tem em si impulsos originários para todos os vícios, pois tem inclinações e instintos que o movem a um lado, enquanto a razão o impele ao contrário. Só pela virtude pode ele vir a ser moralmente bom, isto é, por meio de uma autocoação, embora possa ser inocente sem os impulsos."

ANTONIO GRAMSCI
La alternativa pedagógica [A alternativa pedagógica]

"O conceito de liberdade deveria fazer-se acompanhar pelo de responsabilidade gerado pela disciplina e não imediatamente pela disciplina, que neste caso é entendida como imposta de fora, como limitação coagida da liberdade. Responsabilidade contra arbítrio individual: a única liberdade é a 'responsável', isto é, a 'universal', na medida em que se apresenta como aspecto individual de uma 'liberdade' coletiva ou de grupo, como expressão individual de uma lei."

"Mas do conjunto desses dados tive a impressão de que sua concepção e a de outros de sua família é demasiadamente metafísica, isto é, de que pressupõe que na criança está em potência todo o homem, de que é preciso ajudá-la a desenvolver o que já contém latente, sem coerções, deixando agir as forças espontâneas da natureza ou seja lá o que for. Penso, em contrapartida, que o homem é toda uma formação histórica, obtida com a coerção (entendida não só no sentido brutal e de violência externa), e só penso isto: que de outro modo se cairia numa forma de transcendência ou imanência."

"Renunciar a formar a criança significa tão-somente permitir que sua personalidade se desenvolva extraindo caoticamente do ambiente geral todos os motivos de sua vida."

O que se deve ensinar aos filhos

HANNA ARENDT
La crisis de la educación [A crise da educação]

"Não obstante, os seres humanos trazem à vida seus filhos através da geração e do nascimento, e, ao mesmo tempo, os introduzem no mundo. Na educação assumem a responsabilidade pela vida e o desenvolvimento de seu filho e a da perpetuação do mundo. Essas duas responsabilidades não são coincidentes e, sem dúvida, podem entrar em conflito uma com a outra. A responsabilidade pelo desenvolvimento da criança é em certo sentido contrária ao mundo: o pequeno requer uma proteção e um cuidado especiais para que o mundo não projete sobre ele nada destrutivo. Mas também o mundo precisa de proteção para que não seja invadido e destruído pela investida do novo que cai sobre ele a cada nova geração."

"Não pode haver na educação ambigüidades diante da atual perda de autoridade. As crianças não podem descartar a autoridade educacional como se estivessem numa situação de oprimidas por uma maioria adulta, embora até esse absurdo de tratar as crianças como uma minoria oprimida que precisa ser libertada se tenha aplicado nas modernas práticas educacionais. Os adultos descartaram a autoridade e isso só pode significar uma coisa: que se negam a assumir a responsabilidade pelo mundo ao qual trouxeram os filhos."

Para saber mais

"Por outro lado, o homem atual não pôde encontrar para seu desencanto diante do mundo, para seu desagrado diante das coisas tal como são, uma expressão mais clara que sua recusa de assumir, diante dos filhos, a responsabilidade por tudo isso. É como se os pais dissessem todos os dias: 'Neste mundo, nem sequer em nossa casa estamos seguros; a forma de mover-nos nele, o que é preciso saber, as habilidades que é necessário adquirir são um mistério também para nós. Você tem de procurar fazer as coisas o melhor que puder; de todo modo, não pode recorrer a nós. Somos inocentes, lavamos as mãos com relação a você.'"

"Basicamente, sempre educamos para um mundo que está confuso ou que está se tornando deslocado, porque essa é a situação humana básica na qual o mundo foi criado por ação de mãos mortais para servir aos mortais como lar durante um tempo limitado. Como é feito por mortais, o mundo perde o viço; e, como seus habitantes mudam continuamente, corre o risco de chegar a ser tão mortal quanto eles. Para preservar o mundo do caráter mortal de seus criadores e habitantes, é preciso voltar a ordená-lo, de novo e uma e outra vez. O problema é, simplesmente, o de educar de tal modo que sempre seja possível essa correção, mesmo quando, é evidente, nunca possa haver uma garantia."

O que se deve ensinar aos filhos

NATALIA GINZBURG
Las pequeñas virtudes [As pequenas virtudes]

"No que se refere à educação dos filhos, penso que lhes devem ser ensinadas não as pequenas virtudes, mas as grandes. Não a poupança, mas a generosidade e a indiferença com relação ao dinheiro; não a prudência, mas a coragem e o desprezo pelo perigo; não a astúcia, mas a franqueza e o amor à verdade; não a diplomacia, mas o amor ao próximo e a abnegação; não o desejo do sucesso, mas o desejo de ser e de saber."

"A educação não é mais que certa relação que estabelecemos entre nós e nossos filhos, certo clima em que florescem os sentimentos, os instintos, os pensamentos."

"Hoje, em que o diálogo entre pais e filhos se tornou possível – possível embora sempre difícil, sempre repleto de prevenções, de uma timidez recíproca e de inibições –, é necessário que nos revelemos, nesse diálogo, tal como somos: imperfeitos, confiando que eles, nossos filhos, não se pareçam conosco, sejam mais fortes e melhores do que nós."

"Costumamos dar ao rendimento escolar de nossos filhos uma importância totalmente infundada. E também isso não passa de respeito pela pequena virtude do sucesso. Deveria bastar-nos que eles não ficassem atrasados demais com relação aos outros, que não fossem reprovados nos exames; mas não nos contentamos com isso, exigimos deles sucesso, queremos que dêem satisfações a nosso orgulho."

"O que devemos ter no coração, quando educamos, é que nossos filhos nunca fiquem carentes do amor à vida. Este pode adotar diversas formas, e às vezes uma criança que mostra falta de vontade, que é solitária e esquiva, não carece de amor à vida nem se acha oprimida pelo medo de viver, mas, simplesmente, está em situação de espera, entregue a preparar-se a si mesma para a própria vocação."

RITA LEVI MONTALCINI
Tu futuro. Los consejos de un premio Nobel a los jóvenes [Seu futuro. Os conselhos de um prêmio Nobel aos jovens].

"Os novos sistemas educacionais hoje vigentes nos Estados Unidos, na maioria dos Estados europeus e em outros continentes não produziram ainda os efeitos esperados. A juventude, que atualmente goza de uma liberdade e de privilégios que foram negados a seus progenitores e pais, não parece nem mais feliz nem mais

O que se deve ensinar aos filhos

preparada para enfrentar a vida do que as gerações passadas. Quais os motivos dessa situação?"

"Depende do fato de que nem um nem o outro de ambos os sistemas didáticos se baseiam no conhecimento do extraordinário mecanismo que é o cérebro do *Homo sapiens.*"

"Está impresso em cada um de nós o ditado que nos ensinaram na infância: 'Tempo é dinheiro.' Tal como ocorre com muitos ditados e provérbios populares, sugiro-lhe que você o esqueça e que não siga essa insossa idéia inspirada numa concepção ruim da vida. O tempo não é dinheiro nem moeda de troca. Por sorte, o tempo está à sua disposição ao ponto de você poder perdê-lo utilizando-o em atividades não produtivas ou saboreando-o em silêncio. Sempre teremos tempo de sobra para o que cada um de nós quiser realizar."

"Rejeitem desde agora o acesso a uma carreira só porque lhes assegura uma pensão. A melhor pensão é a posse de um cérebro em plena atividade que lhes permita pensar *usque ad finem* (até o final). Ao contrário da opinião corrente, o cérebro não se dirige fatalmente, com os anos, a um processo de deterioração irreversível."

IMPRESSÃO E ACABAMENTO:
YANGRAF Fone/Fax: 6198.1788